CME-K
2nd Edition

Workbook 練習冊

繁體版

輕鬆學漢語
少兒版

U0063597

CHINESE
MADE
EASY
FOR KIDS

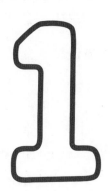

Joint Publishing (H.K.) Co., Ltd.
三聯書店（香港）有限公司

Yamin Ma

Chinese Made Easy for Kids (Workbook 1) (Traditional Character Version)

Yamin Ma

Editor	Hu Anyu, Li Yuezhan
Art design	Arthur Y. Wang, Yamin Ma
Cover design	Arthur Y. Wang, Zhong Wenjun
Graphic design	Zhong Wenjun
Typeset	Sun Suling

Published by

JOINT PUBLISHING (H.K.) CO., LTD.

20/F., North Point Industrial Building,

499 King's Road, North Point, Hong Kong

Distributed by

SUP PUBLISHING LOGISTICS (H.K.) LTD.

16/F., 220-248 Texaco Road, Tsuen Wan, N.T., Hong Kong

First published July 2005

Second edition, first impression, March 2015

Second edition, sixth impression, November 2023

Copyright ©2005, 2015 Joint Publishing (H.K.) Co., Ltd.

All rights reserved. No part of this book may be reproduced, stored in a retrieval system, or transmitted, in any form or by any means, electronic, mechanical, photocopying, recording or otherwise, without prior permission in writing from the publisher.

E-mail:publish@jointpublishing.com

輕鬆學漢語　少兒版 (練習冊一) (繁體版)

編　　著	馬亞敏
責任編輯	胡安宇　李玥展
美術策劃	王　宇　馬亞敏
封面設計	王　宇　鍾文君
版式設計	鍾文君
排　　版	孫素玲
出　　版	三聯書店（香港）有限公司 香港北角英皇道 499 號北角工業大廈 20 樓
發　　行	香港聯合書刊物流有限公司 香港新界荃灣德士古道 220-248 號 16 樓
印　　刷	中華商務彩色印刷有限公司 香港新界大埔汀麗路 36 號 14 字樓
版　　次	2005 年 7 月香港第一版第一次印刷 2015 年 3 月香港第二版第一次印刷 2023 年 11 月香港第二版第六次印刷
規　　格	大 16 開（210×260mm）144 面
國際書號	ISBN 978-962-04-3691-8

© 2005, 2015 三聯書店（香港）有限公司

CONTENTS

1 Trace the pinyin.

ā	á	ǎ	à	ā	á	
ō	ó	ǒ	ò	ō	ó	
ē	é	ě	è	ē	é	

2 Trace the strokes.

héng	—	—	—	—	—	
shù	|	|	|	|	|	
piě	ノ	ノ	ノ	ノ	ノ	
nà	\	\	\	\	\	

3 **Write the correct tones.**

1) ā

2) a

3) a

4) a

first tone   second tone   third tone   fourth tone

4 **Look, Read and match.**

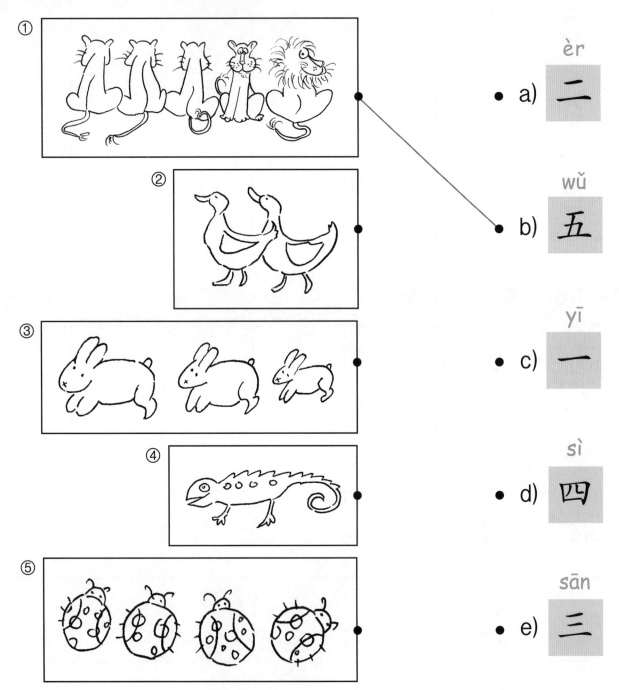

①

②

③

④

⑤

èr
a) 二

wǔ
b) 五

yī
c) 一

sì
d) 四

sān
e) 三

5 **Draw pictures as required.**

① ![er 二]

two birds

② ![yī 一]

one tree

③ ![sì 四]

four fish

④ ![wǔ 五]

five eggs

⑤ ![sān 三]

three pencils

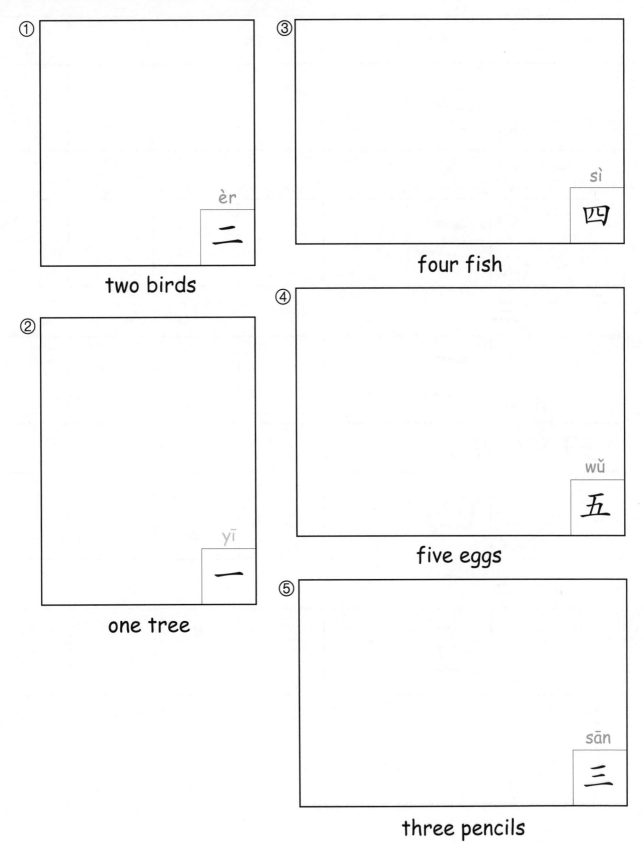

6 Trace the characters.

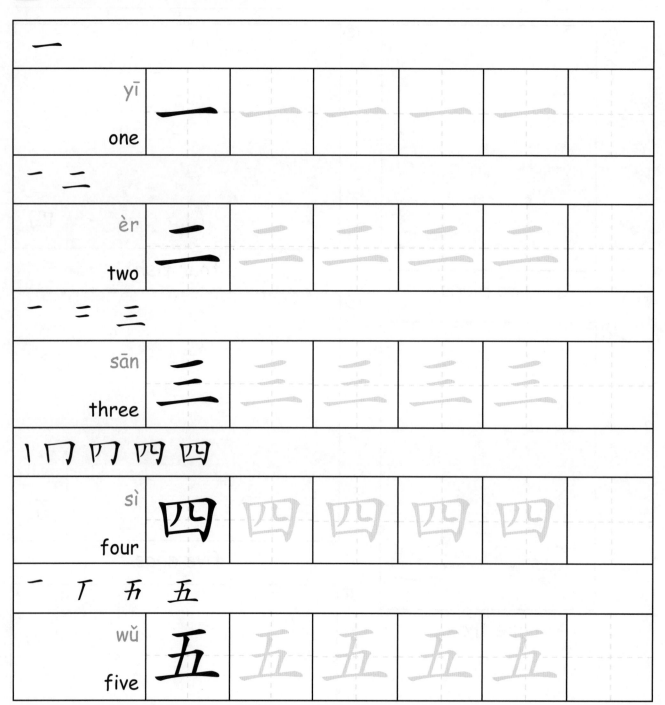

7 **Read and match.**

1) 一 •　　• a) sì

2) 四 •　　• b) yī

3) 三 •　　• c) wǔ

4) 五 •　　• d) sān

5) 二 •　　• e) èr

8 **Write the correct tones.**

1) ǎ　　third tone

2) o　　first tone

3) e　　second tone

4) a　　fourth tone

9 **Write the Chinese numbers.**

① 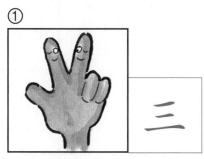 三

②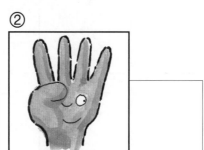

③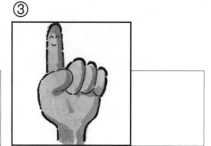

④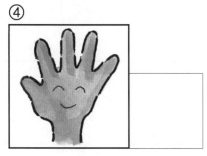

⑤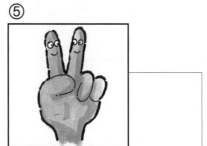

dì èr kè   liù qī bā

第二課 六七八

1 Trace the pinyin.

ī	í	ǐ	ì	ī	í	
ū	ú	ǔ	ù	ū	ú	
ǖ	ǘ	ǚ	ǜ	ǖ	ǘ	

2 Trace the strokes.

diǎn						
tí						
zhé						
gōu						

3 **Look, read and match.**

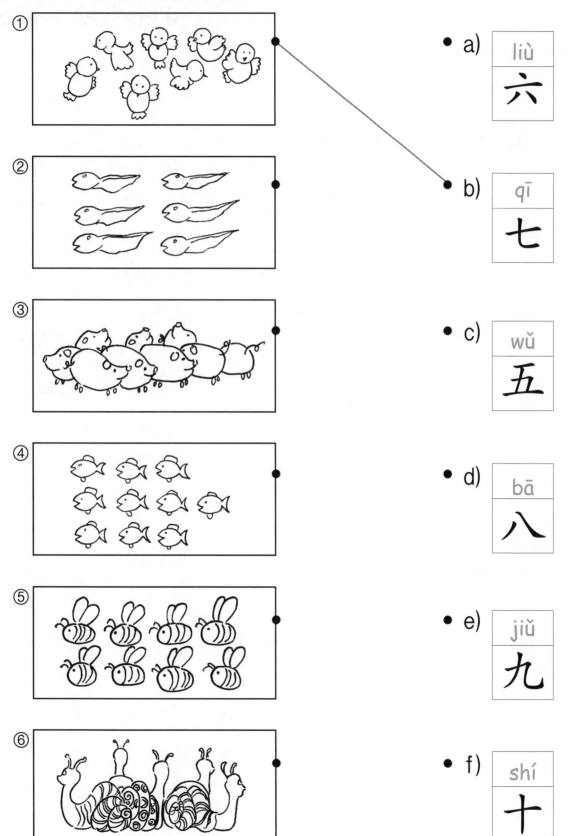

①

a) liù 六

②

b) qī 七

③

c) wǔ 五

④

d) bā 八

⑤

e) jiǔ 九

⑥

f) shí 十

4 Read and match.

1) 三 •————• a) sān

2) 五 • • b) jiǔ

3) 九 • • c) sì

4) 四 • • d) wǔ

5) 十 • • e) shí

6) 七 • • f) bā

7) 八 • • g) liù

8) 六 • • h) qī

5 Count the strokes of each character.

bā
1) 八 _____2_____

shí
2) 十 _____

sì
3) 四 _____

liù
4) 六 _____

wǔ
5) 五 _____

qī
6) 七 _____

8

6 Write the correct tones.

1) First tone: ā   i   u   ü

2) Second tone: e   a   ü   o

3) Third tone: i   o   e   a

4) Fourth tone: ü   u   i   e

7 Circle the correct pinyin.

1) 一   (yī)   yì

2) 七   qì   qī

3) 五   wǔ   wū

4) 四   sì   sǐ

5) 十   shì   shí

6) 九   jiù   jiǔ

7) 六   liù   liú

8) 八   bà   bā

8 **Write the correct tone for each Chinese number.**

yī
一

er
二

san
三

si
四

wu
五

liu
六

qi
七

ba
八

jiu
九

shi
十

9 **Draw pictures as required.**

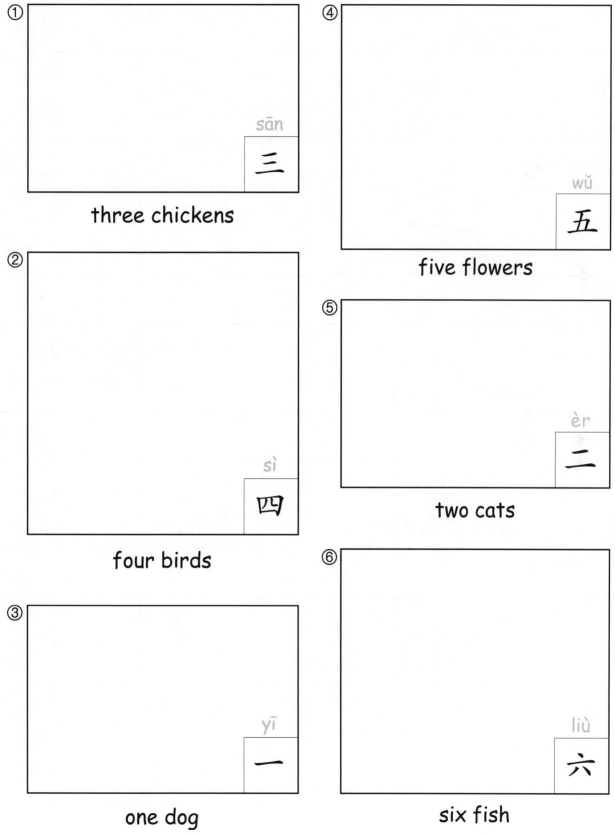

① sān
三

three chickens

② sì
四

four birds

③ yī
一

one dog

④ wǔ
五

five flowers

⑤ èr
二

two cats

⑥ liù
六

six fish

10 Trace the characters.

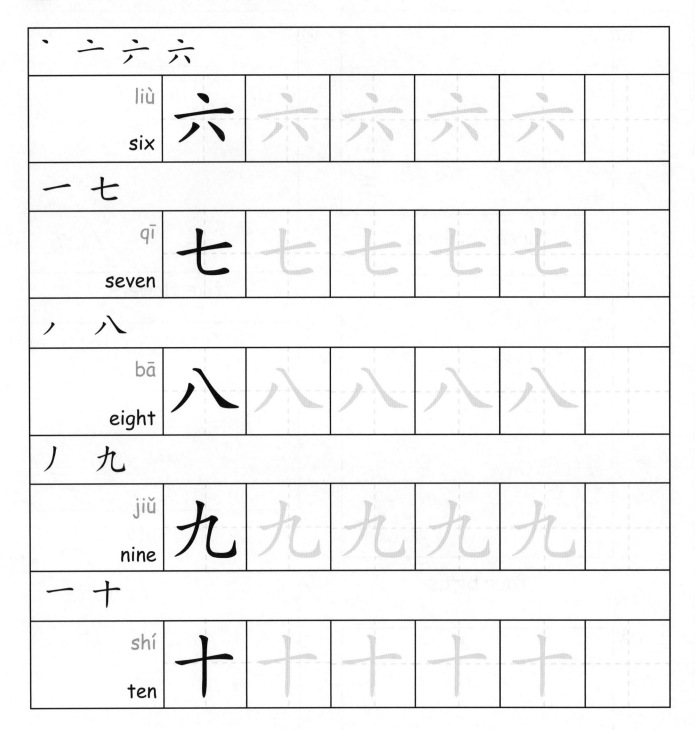

丶 一 亠 六 六

| liù / six | 六 | 六 | 六 | 六 | 六 | |

一 七

| qī / seven | 七 | 七 | 七 | 七 | 七 | |

丿 八

| bā / eight | 八 | 八 | 八 | 八 | 八 | |

丿 九

| jiǔ / nine | 九 | 九 | 九 | 九 | 九 | |

一 十

| shí / ten | 十 | 十 | 十 | 十 | 十 | |

11 **Write the numbers in Chinese.**

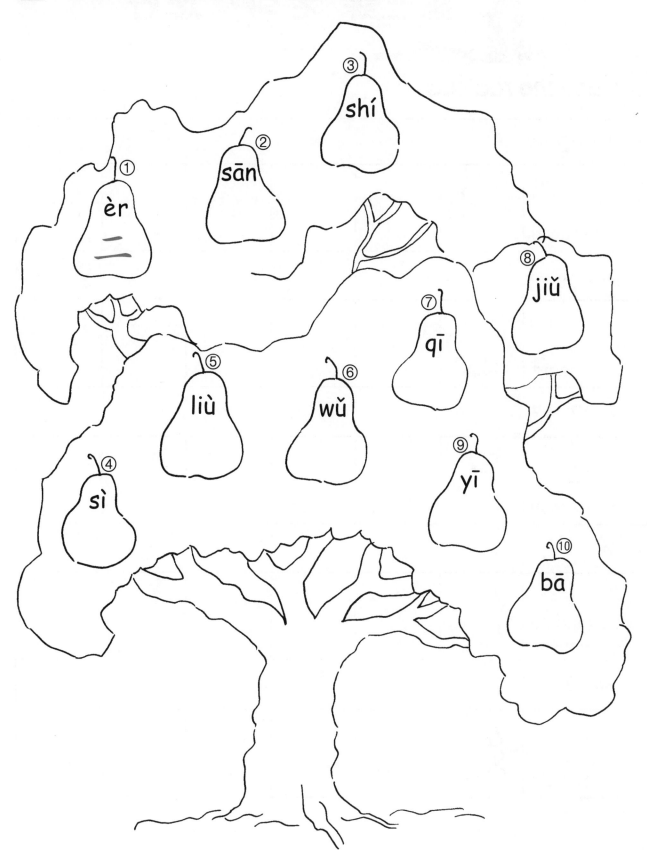

1 **Trace the radicals.**

丨 冂 巾						
towel	巾	巾	巾	巾	巾	

丶 心 心 心						
heart	心	心	心	心	心	

丨 冂 日 日						
sun	日	日	日	日	日	

丿 亻						
standing person	亻	亻	亻	亻	亻	

く 女 女						
female	女	女	女	女	女	

14

2 **Look, read and match.**

①

a) xué shēng lǎo shī nín hǎo
學 生：老師，您好！

lǎo shī nǐ hǎo
老師：你好！

②

b) xué shēng lǎo shī nín zǎo
學 生：老師，您早！

lǎo shī nǐ zǎo
老師：你早！

③

c) xué shēng lǎo shī zài jiàn
學 生：老師，再見！

lǎo shī zài jiàn
老師 ：再見！

3 **Circle the correct pinyin.**

1) (bā) bà

2) 六 liù liú

3) 九 jiǔ jiù

4) 三 sǎn sān

5) 一 yí yī

6) 七 qí qī

4 **Read and match.**

1) 巾 •

2) 心 •

3) 日 •

4) 亻 •

5) 女 •

• a) sun

• b) standing person

• c) towel

• d) female

• e) heart

5 **Connect the matching characters.**

nǐ
1) 你 •————• a) 好 hǎo

zài
2) 再 • • b) 師 shī

lǎo
3) 老 • • c) 見 jiàn

nín
4) 您 • • d) 早 zǎo

6 **Write the strokes.**

1) diǎn

2) héng

3) shù

4) piě

5) nà

6) tí

7) zhé

8) gōu

16

7 **Count the strokes of each character.**

1) 七 qī   2
2) 六 liù   _____
3) 三 sān   _____
4) 八 bā   _____
5) 九 jiǔ   _____
6) 四 sì   _____
7) 十 shí   _____
8) 五 wǔ   _____
9) 你 nǐ   _____
10) 早 zǎo   _____
11) 好 hǎo   _____
12) 見 jiàn   _____

8 **Write the radical of each character.**

1) 您 nín → 心
2) 早 zǎo →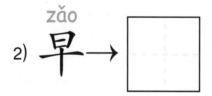
3) 好 hǎo →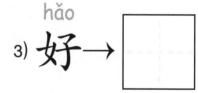
4) 師 shī →
5) 你 nǐ →

9 Trace the characters.

	一 十 土 耂 耂 老					
lǎo a prefix	老	老	老	老	老	

	ノ イ イ ŕ 户 自 自 師 師 師					
shī teacher	師	師	師	師	師	

	ノ イ イ 亻 你 你 你 你 您 您 您					
nín you (when speaking politely)	您	您	您	您	您	

	丶 丨 冂 日 旦 旦 早					
zǎo morning	早	早	早	早	早	

	ノ イ イ 亻 你 你 你 你					
nǐ you	你	你	你	你	你	

	乚 乚 女 女 女 好 好					
hǎo used to say hello	好	好	好	好	好	

18

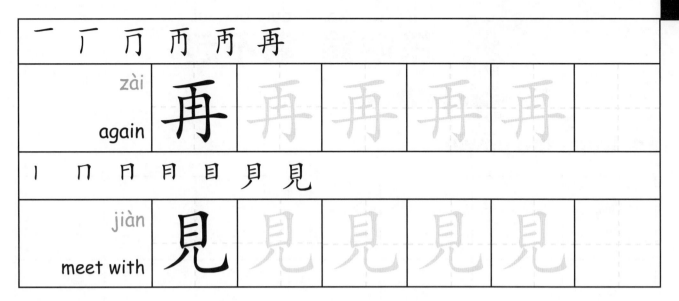

10 Draw the structure of each character.

1) hǎo 好 →
2) zǎo 早 →
3) nǐ 你 →
4) nín 您 →
5) shī 師 →
6) lǎo 老 →

11 Circle the correct characters.

1) nǐ （你） 您
2) hǎo 早 好
3) zài 見 再
4) liù 九 六
5) lǎo 老 好
6) èr 三 二
7) bā 七 八
8) wǔ 六 五

dì sì kè   duì bu qǐ
第四課 對不起

1 **Trace the pinyin.**

b	b	b	b	b	b	
p	p	p	p	p	p	
m	m	m	m	m	m	
f	f	f	f	f	f	

2 **Trace the radicals.**

一 寸 寸						
inch	寸	寸	寸	寸	寸	
一 十 土 吉 走 走 走						
walk	走	走	走	走	走	

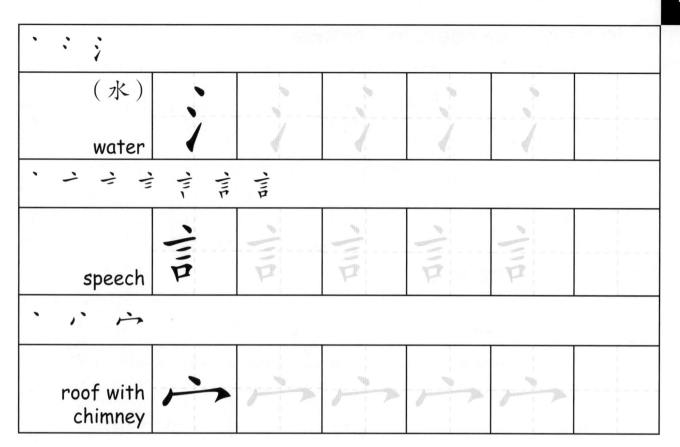

`、 ˇ 氵`						
（水） water	氵	氵	氵	氵	氵	
`、 ˊ 二 三 訁 言 言`						
speech	言	言	言	言	言	
`、 ˋ 宀`						
roof with chimney	宀	宀	宀	宀	宀	

3 Read and match.

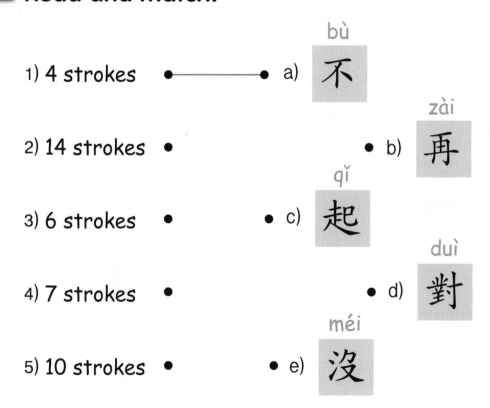

1) 4 strokes ●————● a) 不 *bù*

2) 14 strokes ● ● b) 再 *zài*

3) 6 strokes ● ● c) 起 *qǐ*

4) 7 strokes ● ● d) 對 *duì*

5) 10 strokes ● ● e) 沒 *méi*

4 Write the numbers in Chinese.

1) 一 1

2) ☐ 3

3) ☐ 4

4) ☐ 7

5) ☐ 8

6) ☐ 6

7) ☐ 5

8) ☐ 9

5 Write the strokes.

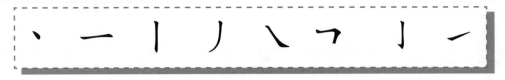

1) héng —

2) zhé ☐

3) diǎn ☐

4) piě ☐

5) shù ☐

6) nà ☐

7) gōu ☐

8) tí ☐

6 Write the radicals.

1) shī 師 → 巾

2) qǐ 起 → ☐

3) xiè 謝 → ☐

4) nín 您 → ☐

5) méi 沒 → ☐

6) kè 客 → ☐

7 Look, read and match.

①

a) xué shēng　lǎo shī　zài jiàn
學 生：老師，再見！
lǎo shī　zài jiàn
老師：再見！

②

b) xué shēng　　duì bu qǐ
學 生1：對不起！
xué shēng　　méi guān xi
學 生2：沒關係。

③

c) xué shēng　lǎo shī　nín zǎo
學 生：老師，您早！
lǎo shī　nǐ zǎo
老師：你早！

④

d) xué shēng　　xiè xie nǐ
學 生1：謝謝你！
xué shēng　　bú kè qi
學 生2：不客氣。

8 Write the numbers in Chinese.

1) 11   2) 5   3) 6

4) 7   5) 9   6) 10

9 **Draw the structure of each character.**

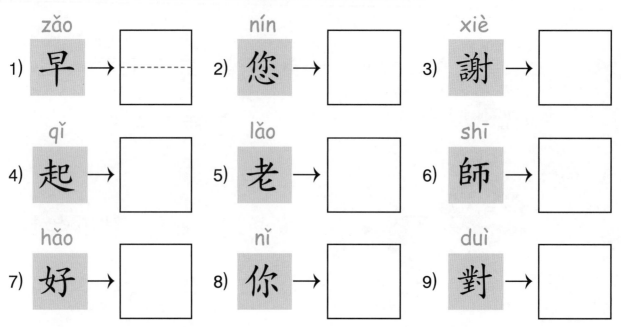

1) *zǎo* 早 →
2) *nín* 您 →
3) *xiè* 謝 →
4) *qǐ* 起 →
5) *lǎo* 老 →
6) *shī* 師 →
7) *hǎo* 好 →
8) *nǐ* 你 →
9) *duì* 對 →

10 **Read and match.**

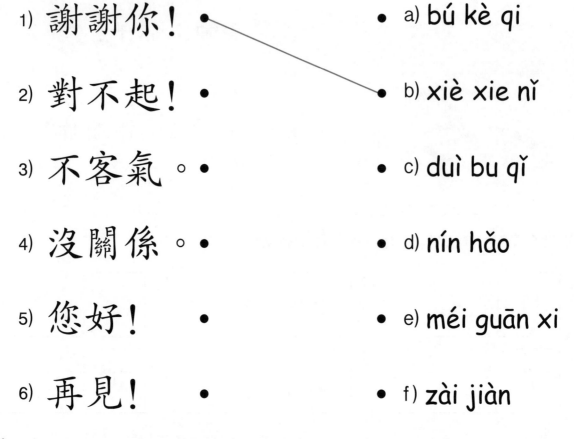

1) 謝謝你！   a) bú kè qi
2) 對不起！   b) xiè xie nǐ
3) 不客氣。   c) duì bu qǐ
4) 沒關係。   d) nín hǎo
5) 您好！   e) méi guān xi
6) 再見！   f) zài jiàn

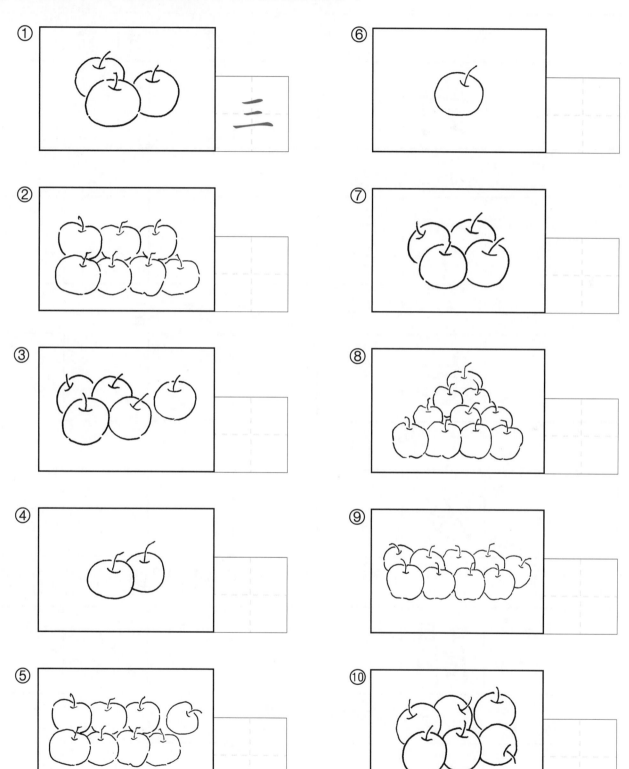

11 Write the numbers in Chinese .

12 Trace the characters.

丶 丨 刂 业 业 业 半 半 半 半 羋 對 對 對

| | duì | 對 | 對 | 對 | 對 | 對 | |

一 丁 丆 不

| | bù | 不 | 不 | 不 | 不 | 不 | |

一 十 土 圥 圥 走 走 起 起 起

| | qǐ | 起 | 起 | 起 | 起 | 起 | |

丶 冫 氵 氵 沪 汐 沒

| | méi | 沒 | 沒 | 沒 | 沒 | 沒 | |

丨 冂 冂 冃 冃 冃 門 門 門 門 門 門 閂 閅 閼 關 關 關 關 關

| | guān | 關 | 關 | 關 | 關 | 關 | |

丿 亻 亻 仁 仔 作 係 係 係

| | xì | 係 | 係 | 係 | 係 | 係 | |

丶 亠 亖 言 言 言 言 訂 訃 訃 訃 詽 詽 謝 謝 謝

| xiè thank | 謝 | 謝 | 謝 | 謝 | 謝 | |

丶 八 宀 宀 岁 安 安 客 客

| kè | 客 | 客 | 客 | 客 | 客 | |

丿 ニ 乍 气 气 气 気 氧 氣 氣

| qì | 氣 | 氣 | 氣 | 氣 | 氣 | |

13 Write the numbers in Chinese.

1) 9

2) 6

3) 17

4) 15

5) 8

6) 14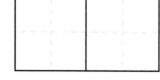

dì wǔ kè　　wǒ xìng wáng

第五課　我姓王

1 Trace the pinyin.

d	d	d	d	d	d	
t	t	t	t	t	t	
n	n	n	n	n	n	
l	l	l	l	l	l	

2 Trace the radicals.

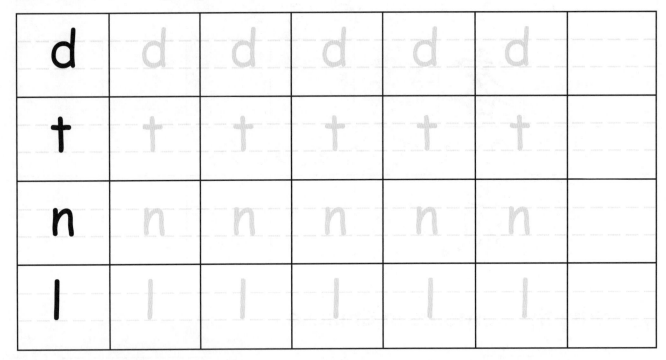

ⲓ　冂　口						
mouth	口	口	口	口	口	
ノ　ク　夕						
sunset	夕	夕	夕	夕	夕	

28

3 Write the numbers in Chinese.

① 四

②

③

④

⑤

⑥

⑦

⑧

4 Circle the words as required.

duì 對	méi 沒	guān 關	xi 係	jiǔ 九	shí 十	nín 您
wǒ 我	bù 不	shén 什	me 麼	tiān 天	nǐ 你	zǎo 早
xiè 謝	kè 客	qǐ 起	xìng 姓	míng 名	èr 二	hǎo 好
xie 謝	qi 氣	zài 再	jiàn 見	zi 字	jiào 叫	xiǎo 小

1) sorry √
2) what
3) thanks
4) it doesn't matter
5) hello
6) name
7) goodbye

5 Count the strokes of each character.

1) wáng 王 ___4___

2) shén 什 _____

3) tiān 天 _____

4) zì 字 _____

5) jiào 叫 _____

6) wǒ 我 _____

7) míng 名 _____

8) qì 氣 _____

6 Write the numbers in Chinese.

1) three

2) nine

3) seven

4) six

30

7 Look, read and match.

① •

a) 老師：她叫什麼 名字？
lǎo shī　　tā jiào shén me　míng zi

學生：她叫 王 天一。
xué shēng　　tā jiào wáng tiān yī

② •

王天一

b) 學生1：對不起！
xué shēng　　duì bu qǐ

學生2：沒關係。
xué shēng　　méi guān xi

③ •

c) 學生1：謝謝你！
xué shēng　　xiè xie nǐ

學生2：不客氣。
xué shēng　　bú kè qi

④ •

d) 老師：再見！
lǎo shī　　zài jiàn

學生：再見！
xué shēng　　zài jiàn

8 Write the numbers in Chinese.

1) 4 _____

2) 5 _____

3) 2 _____

4) 7 _____

5) 9 _____

6) 3 _____

9 **Draw a picture of each radical.**

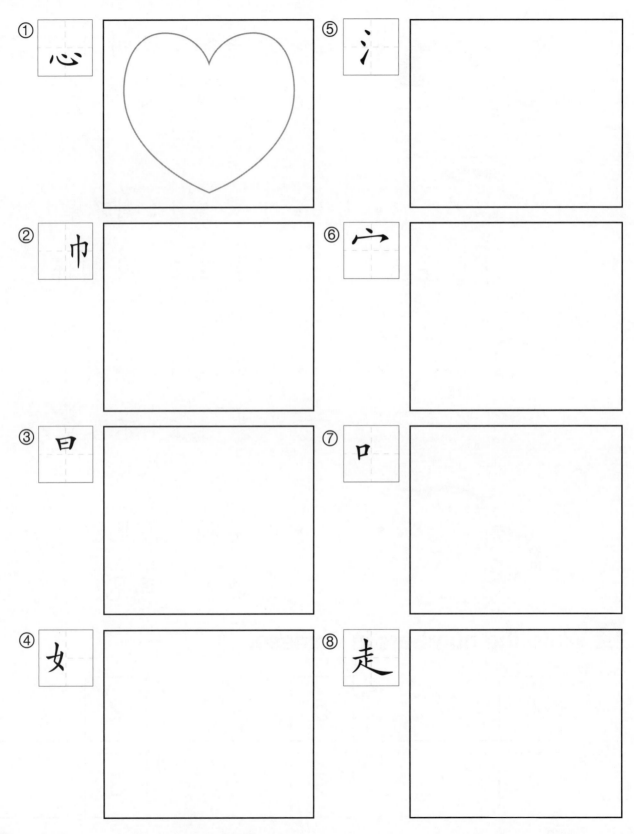

① 心

⑤ 氵

② 巾

⑥ 宀

③ 日

⑦ 口

④ 女

⑧ 走

10 Trace the characters.

乁	乆	乆	女	女	女	姓	姓

| xìng

surname | 姓 | 姓 | 姓 | 姓 | 姓 | |

ノ	イ	仁	什

| shén | 什 | 什 | 什 | 什 | 什 | |

丶	亠	广	广	庁	庐	庐	庐	庁	麻	麻	麼	麼	麼

| me | 麼 | 麼 | 麼 | 麼 | 麼 | |

一	二	干	王

| wáng

a surname | 王 | 王 | 王 | 王 | 王 | |

丿	亠	于	手	我	我	我

| wǒ

I; me | 我 | 我 | 我 | 我 | 我 | |

丨	口	口	叫	叫

| jiào

call | 叫 | 叫 | 叫 | 叫 | 叫 | |

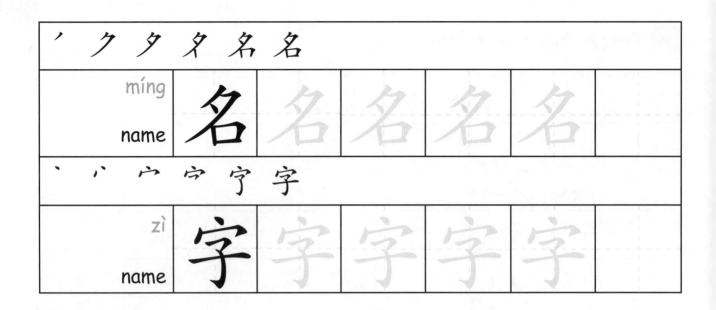

	丶 ク タ タ 名 名					
míng name	名	名	名	名	名	

	丶 丷 宀 宀 宁 字					
zì name	字	字	字	字	字	

11 Draw the structure of each character.

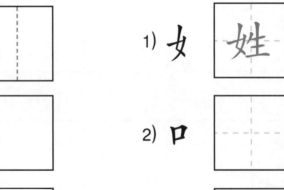

1) *jiào* 叫 →

2) *lǎo* 老 →

3) *xiè* 謝 →

4) *nín* 您 →

12 Write one character for each radical.

1) 女 姓

2) 口

3) 走

4) 亻

5) 言

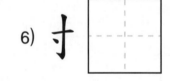

6) 寸

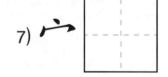

7) 宀

8) 氵

13 Circle the characters whose meanings you know well.

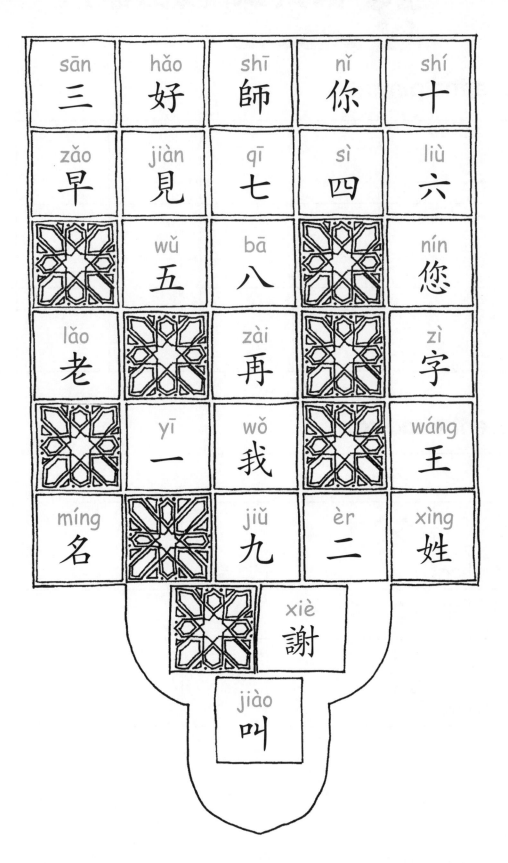

1 Trace the pinyin.

g	g	g	g	g	g
k	k	k	k	k	k
h	h	h	h	h	h

2 Trace the radicals.

′ ハ ⺍ 父					
father 父	父	父	父	父	
′ 二 千 禾 禾					
seedling 禾	禾	禾	禾	禾	

3 Colour in the pictures and write the numbers in Chinese.

4 Fill in the missing pinyin.

b　n　l　t　m　d　h　k

1) 天 __t iān
2) 爸 __ à
3) 和 __ é
4) 口 __ ǒu
5) 媽 __ ā
6) 對 __ uì
7) 你 __ ǐ
8) 老 __ ǎo

5 Choose the correct characters.

1) shéi 誰　四
(√) ( )

4) mèi 好　妹
( ) ( )

2) yǒu 不　有
( ) ( )

5) jǐ 幾　九
( ) ( )

3) rén 人　天
( ) ( )

6) jiā 家　叫
( ) ( )

6 Choose the correct sentence for each picture.

①

tā jiā yǒu sān kǒu rén
☑ a) 她家有三口人。
tā jiā yǒu sì kǒu rén
☐ b) 她家有四口人。

④

王天一

tā xìng wáng
☐ a) 她姓 王。
tā jiào wáng
☐ b) 她叫 王。

②

duì bu qǐ
☐ a) 對不起!
xiè xie nǐ
☐ b) 謝謝你!

⑤

nǐ zǎo
☐ a) 你早!
duì bu qǐ
☐ b) 對不起!

③

zài jiàn
☐ a) 再見!
méi guān xi
☐ b) 沒關係。

⑥

tā jiā yǒu sì kǒu rén
☐ a) 她家有四口人。
tā jiā yǒu wǔ kǒu rén
☐ b) 她家有五口人。

7 Circle all the six-stroke characters.

yǒu	jiā	lǎo	kǒu	hǎo	rén	guān	míng
有	家	老	口	好	人	關	名
jǐ	shī	zǎo	shéi	zài	bà	xìng	hé
幾	師	早	誰	再	爸	姓	和

8 Write the strokes.

1) diǎn 、

2) héng

3) shù

4) piě

5) nà

6) tí

7) zhé

8) gōu

9 Write the numbers in Chinese.

1) 7 七

2) 3

3) 8

4) 5

5) 9

6) 10

7) 14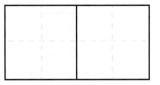

8) 16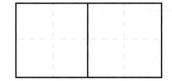

40

10 Trace the characters.

丶 丶 宀 宀 宀 宁 宇 宇 宕 家 家

| jiā
family; home | 家 | 家 | 家 | 家 | 家 | |

一 ナ オ 有 有 有

| yǒu
have | 有 | 有 | 有 | 有 | 有 | |

ㄥ ㄠ ㄠ ㄠ 丝 丝 丝 丝 丝 幾 幾 幾

| jǐ
how many | 幾 | 幾 | 幾 | 幾 | 幾 | |

丨 冂 口

| kǒu
a measure word | 口 | 口 | 口 | 口 | 口 | |

丿 人

| rén
person | 人 | 人 | 人 | 人 | 人 | |

丶 亠 亠 亖 言 言 言 訁 訁 訏 詐 詐 誰 誰

| shéi
who; whom | 誰 | 誰 | 誰 | 誰 | 誰 | |

丶	丷	八	父	父	谷	爸 爸 爸

bà dad; father	爸	爸	爸	爸	爸	

| ㇄ | ㇄ | 女 | 女 | 女 | 妈 | 妋 妌 媽 媽 媽 媽 媽 |

mā mum; mother	媽	媽	媽	媽	媽	

| ㇄ | ㇄ | 女 | 女 | 妁 | 妹 | 妹 妹 |

mèi younger sister	妹	妹	妹	妹	妹	

| 丿 | 二 | 千 | 禾 | 禾 | 禾 | 和 和 |

hé and	和	和	和	和	和	

11 **Write the characters.**   **12** **Write the radicals.**

1) 5 strokes: 叫 ☐

2) 7 strokes: ☐ ☐

3) 8 strokes: ☐ ☐

1) míng 名 → 夕   2) zì 字 → ☐

3) bà 爸 → ☐   4) hé 和 → ☐

13 **Read the sentences and draw pictures.**

①

wǒ jiā yǒu sān kǒu rén
我家有三口人：
bà ba　mā ma hé wǒ
爸爸、媽媽和我。

②

wǒ jiā yǒu sì kǒu rén
我家有四口人：
bà ba　　mā ma　　jiě
爸爸、媽媽、姐
jie hé wǒ
姐和我。

③

wǒ jiā yǒu liù kǒu rén
我家有六口人：
bà ba　　mā ma　　gē
爸爸、媽媽、哥
ge　　dì di　　mèi mei
哥、弟弟、妹妹
hé wǒ
和我。

1 **Trace the pinyin.**

j	j	j	j	j	j	
q	q	q	q	q	q	
x	x	x	x	x	x	

2 **Trace the radicals.**

ノ 人						
stretching person	人	人	人	人	人	
丨 上 止 止						
stop	止	止	止	止	止	

3 **Fill in the missing numbers.**

三			六				十

4 Fill in the missing pinyin.

d h j g m x s t b

1) 哥 <u>g</u> ē

2) 嗎 __ a

3) 他 __ ā

4) 歲 __ uì

5) 弟 __ ì

6) 爸 __ à

7) 和 __ é

8) 幾 __ ǐ

9) 係 __ ì

5 Draw a picture for each person.

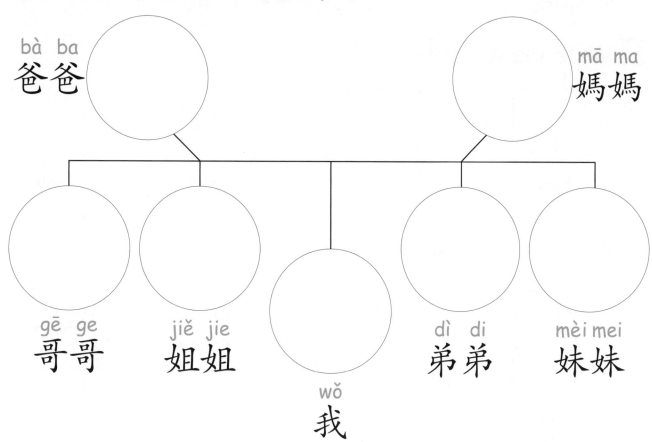

bà ba
爸爸

mā ma
媽媽

gē ge
哥哥

jiě jie
姐姐

wǒ
我

dì di
弟弟

mèi mei
妹妹

6 Read and match.

1) nǐ xìng shén me
你姓什麼？ ●——● a) wǒ xìng xiè
我姓謝。

2) nǐ jiào shén me míng zi
你叫什麼名字？ ● ● b) sān kǒu rén
三口人。

3) nǐ jiā yǒu jǐ kǒu rén
你家有幾口人？ ● ● c) wǒ jiào xiè tiān
我叫謝天。

4) nǐ jiā yǒu shéi
你家有誰？ ● ● d) bà ba mā ma hé wǒ
爸爸、媽媽和我。

5) nǐ jǐ suì
你幾歲？ ● ● e) liù suì
六歲。

7 Write the radicals.

1)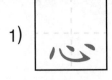
heart

2)
sunset

3)
father

4)
walk

5)
seedling

6)
mouth

7)
stop

8)
roof with chimney

9)
speech

10)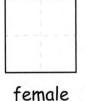
female

11)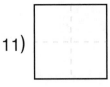
sun

12)
towel

46

8 Fill in the blanks with numbers.

bà ba 爸爸	suì 歲
mā ma 媽媽	suì 歲
wǒ 我	suì 歲

9 Circle the correct characters.

1) yǒu   （有） 不

2) tiān   王   天

3) gè   人   個

4) jǐ   九   幾

5) nín   您   你

6) sì   十   四

10 Draw yourself and answer the questions.

nǐ jiào shén me míng zi
1) 你叫什麼名字？

_____

nǐ jǐ suì
2) 你幾歲？

_____

11 Read and match.

1) 亻 •   • a) 爸 (bà)

2) 女 •   • b) 你 (nǐ)

3) 父 •   • c) 好 (hǎo)

4) 禾 •   • d) 名 (míng)

5) 夕 •   • e) 起 (qǐ)

6) 走 •   • f) 和 (hé)

12 Rearrange the word order to make sentences.

1) 我 (wǒ)　哥哥 (gē ge)　有 (yǒu)　。

→ 我有哥哥。
_____

2) 沒有 (méi yǒu)　他 (tā)　弟弟 (dì di)　。

→ 他 _____

3) 有 (yǒu)　你 (nǐ)　嗎 (ma)　妹妹 (mèi mei)　？

→ 你 _____

13 Circle the words as required.

哥 (gē)	哥 (ge)	媽 (mā)	媽 (ma)	妹 (mèi)
名 (míng)	字 (zi)	弟 (dì)	弟 (di)	妹 (mei)
沒 (méi)	有 (yǒu)	爸 (bà)	爸 (ba)	我 (wǒ)

1) elder brother ✓

2) father

3) younger sister

4) not have

5) name

6) mother

14 **Trace the characters.**

一 一 一 一 哥 哥 哥 哥 哥 哥					

gē elder brother	哥	哥	哥	哥	哥

丶 丨 口 口 口 吓 吓 吓 嗎 嗎 嗎 嗎 嗎

ma a particle	嗎	嗎	嗎	嗎	

丿 亻 亻 们 们 個 個 個 個 個

gè a measure word	個	個	個	個	

丿 亻 仁 仲 他

tā he; him	他	他	他	他	

丿 丨 止 止 此 芦 芦 芹 芹 芦 歲 歲 歲

suì year (of age)	歲	歲	歲	歲	

丶 丷 当 当 苗 弟 弟

dì younger brother	弟	弟	弟	弟	

15 Choose the correct characters.

1) 4 strokes — wǔ 五 (✓)   nǐ 你 ( )

2) 6 strokes — wǒ 我 ( )   lǎo 老 ( )

3) 8 strokes — shéi 誰 ( )   bà 爸 ( )

4) 5 strokes — yǒu 有 ( )   jiào 叫 ( )

5) 7 strokes — dì 弟 ( )   hé 和 ( )

6) 10 strokes — gē 哥 ( )   xìng 姓 ( )

16 Draw a picture of each radical. Colour in the pictures.

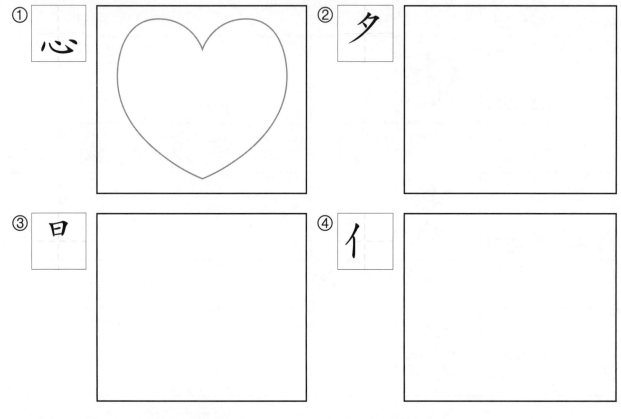

① 心

② 夕

③ 日

④ 亻

17 Draw the structure of each character.

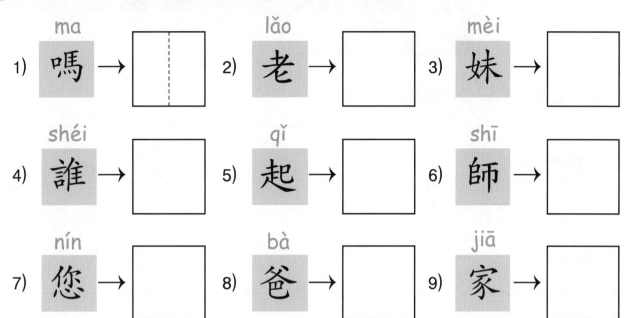

1) ma 嗎 →

2) lǎo 老 →

3) mèi 妹 →

4) shéi 誰 →

5) qǐ 起 →

6) shī 師 →

7) nín 您 →

8) bà 爸 →

9) jiā 家 →

18 Fill in the missing words.

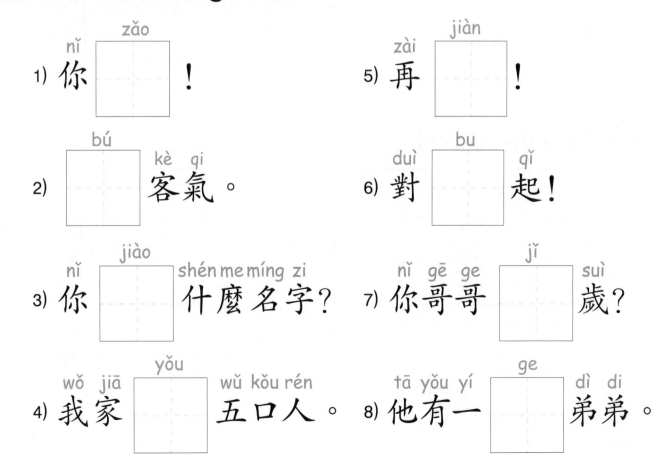

1) nǐ 你 [zǎo] ！

5) zài 再 [jiàn] ！

2) [bú] 客氣 kè qi 。

6) 對 duì [bu] 起 qǐ ！

3) nǐ 你 [jiào] 什麼名字 shén me míng zi ？

7) nǐ 你哥哥 gē ge [jǐ] 歲 suì ？

4) wǒ jiā 我家 [yǒu] 五口人 wǔ kǒu rén 。

8) tā yǒu yí 他有一 [ge] 弟弟 dì di 。

第八課　我喜歡藍色

1 Trace the pinyin.

zh	zh	zh	zh	zh	zh
ch	ch	ch	ch	ch	ch
sh	sh	sh	sh	sh	sh
r	r	r	r	r	r

2 Trace the radicals.

一 十 士					
scholar	士	士	士	士	士
丶 ⺈ ⺈ 欠					
owe	欠	欠	欠	欠	欠

52

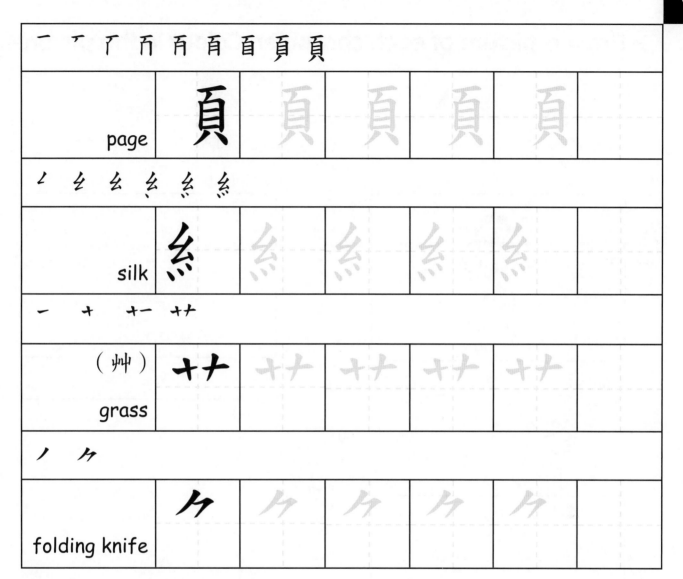

一 丆 厂 丆 丙 百 百 頁 頁

page 頁 頁 頁 頁 頁

ㄥ ㄥ ㄠ ㄠ 幺 糸 糸

silk 糸 糸 糸 糸 糸

一 十 艹 艹

（艸）grass 艹 艹 艹 艹 艹

ノ ㄅ

folding knife ㄅ ㄅ ㄅ ㄅ ㄅ

3 Colour in the balloons.

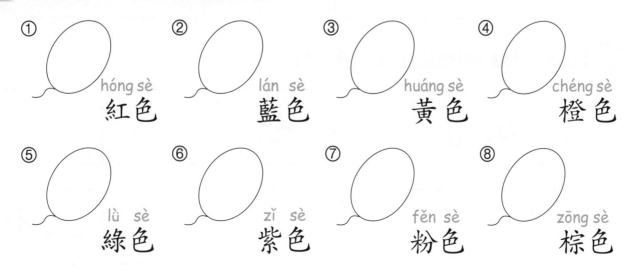

① hóng sè 紅色

② lán sè 藍色

③ huáng sè 黃色

④ chéng sè 橙色

⑤ lǜ sè 綠色

⑥ zǐ sè 紫色

⑦ fěn sè 粉色

⑧ zōng sè 棕色

4 Draw a picture of each character. Colour in the pictures.

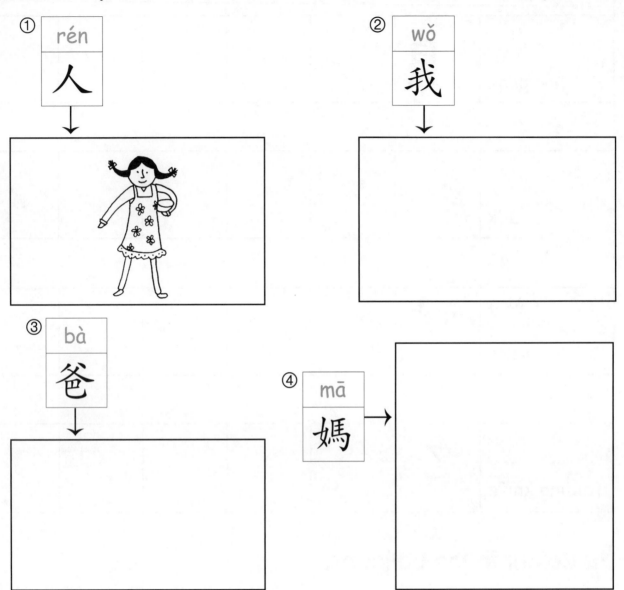

① rén
人

② wǒ
我

③ bà
爸

④ mā
媽

5 Fill in the missing numbers.

1)

五		七		

2)

十六				二十

6 Colour in the blanks, following the example.

1) 爸爸喜歡 ▨▨▨ 色。
2) 媽媽喜歡 ☐ 色。
3) 我喜歡 ☐ 色。
4)
5)
6)

7 Read and match.

1) 士 ●———————● a) 喜 *xǐ*

2) 欠 ● ● b) 顏 *yán*

3) 頁 ● ● c) 歡 *huān*

4) 糸 ● ● d) 色 *sè*

5) 艹 ● ● e) 紅 *hóng*

6) ク ● ● f) 藍 *lán*

8 Draw the structure of each character.

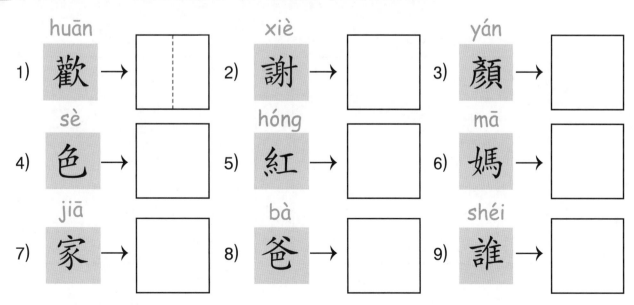

1) *huān* 歡 →

2) *xiè* 謝 →

3) *yán* 顏 →

4) *sè* 色 →

5) *hóng* 紅 →

6) *mā* 媽 →

7) *jiā* 家 →

8) *bà* 爸 →

9) *shéi* 誰 →

9 **Draw pictures in the colour given.**

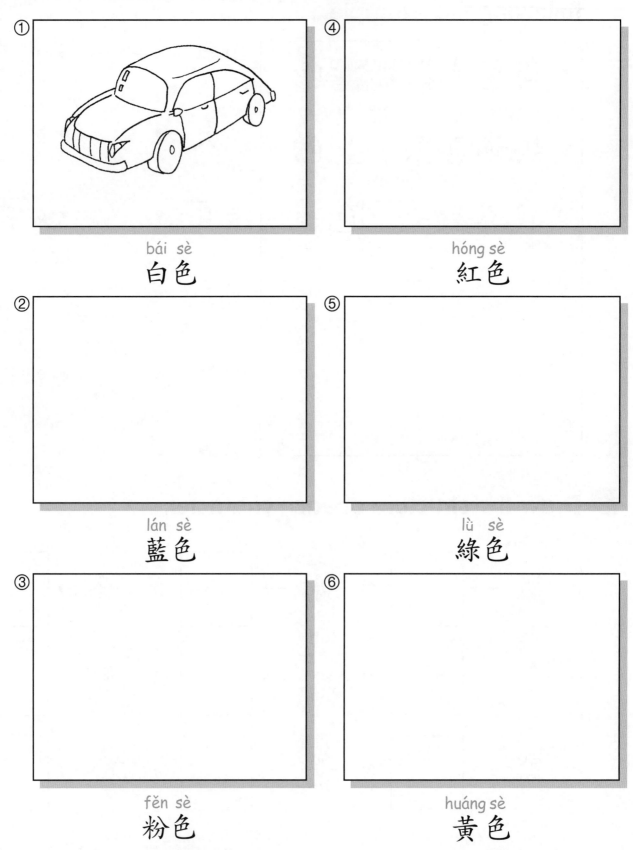

① bái sè
白色

④ hóng sè
紅色

② lán sè
藍色

⑤ lǜ sè
綠色

③ fěn sè
粉色

⑥ huáng sè
黃色

10 Fill in the missing pinyin.

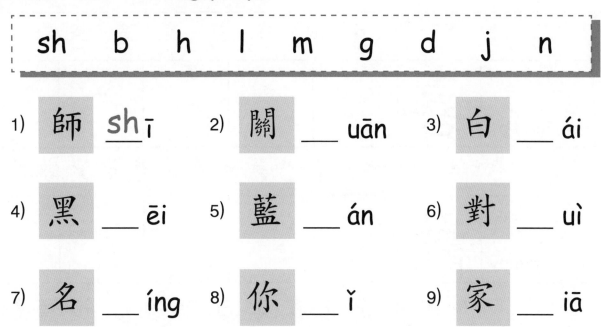

sh b h l m g d j n

1) 師 sh__ī

2) 關 ___uān

3) 白 ___ái

4) 黑 ___ēi

5) 藍 ___án

6) 對 ___uì

7) 名 ___íng

8) 你 ___ǐ

9) 家 ___iā

11 Draw a picture, using only the four colours given in the box.

hóng sè
1) 紅色

huáng sè
2) 黃色

lán sè
3) 藍色

hēi sè
4) 黑色

12 Trace the characters.

| 一 | 十 | 士 | 吉 | 吉 | 吉 | 喜 | 喜 | 壴 | 喜 | 喜 | 喜 |

| xǐ
be fond of | 喜 | 喜 | 喜 | 喜 | 喜 | |

| 丶 | 丷 | 艹 | 艹 | 莳 | 荺 | 苗 | 莭 | 萑 | 芦 | 萑 | 萑 | 菫 | 萑 | 雚 | 雚 | 勸 | 歡 | 歡 |

| huān
happy | 歡 | 歡 | 歡 | 歡 | 歡 | |

| 丶 | 亠 | 宀 | 立 | 产 | 彦 | 彦 | 彦 | 彦 | 彦 | 顏 | 顏 | 顏 | 顏 | 顏 |

| yán
colour | 顏 | 顏 | 顏 | 顏 | 顏 | |

| 丿 | 夕 | 久 | 名 | 多 | 色 | |

| sè
colour | 色 | 色 | 色 | 色 | 色 | |

| 乙 | 幺 | 幺 | 幺 | 糸 | 糸 | 糸 | 紅 | 紅 | 紅 |

| hóng
red | 紅 | 紅 | 紅 | 紅 | 紅 | |

| 一 | 十 | 艹 | 廿 | 芏 | 芇 | 苦 | 苗 | 苗 | 黃 | 黃 |

| huáng
yellow | 黃 | 黃 | 黃 | 黃 | 黃 | |

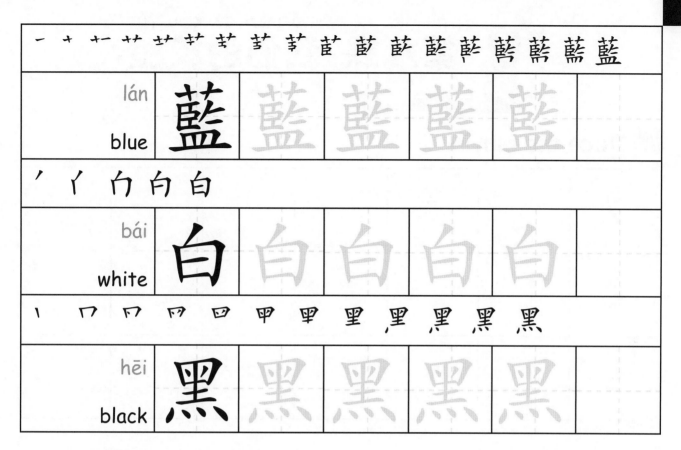

| | lán
blue | 藍 | 藍 | 藍 | 藍 | 藍 | |

一 十 十 艹 艹 芷 茈 茈 茈 蓝 蓝 蓝 蓝 藍 藍 藍

| | bái
white | 白 | 白 | 白 | 白 | 白 | |

丿 亻 勺 白 白

| | hēi
black | 黑 | 黑 | 黑 | 黑 | 黑 | |

丨 冂 冂 団 四 甲 甲 里 里 黒 黑 黑

13 **Circle the correct colour(s) for each picture. Colour in the pictures.**

①
hēi lán bái
黑 藍 白

②
huáng hóng lán
黃 紅 藍

③
bái lán hóng
白 藍 紅

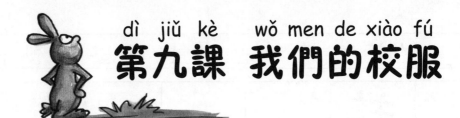

第九課 我們的校服

1 **Trace the pinyin.**

z	z	z	z	z	z	
c	c	c	c	c	c	
s	s	s	s	s	s	

2 **Trace the radicals.**

丶 丶 辶 辶						
（辵） movement	辶	辶	辶	辶	辶	
フ 了 子						
son	子	子	子	子	子	
一 十 才 木						
wood	木	木	木	木	木	

60

丿 亻 冇 白 白

| white 白 | 白 | 白 | 白 | 白 | |

丶 宀 宀 穴 穴

| cave 穴 | 穴 | 穴 | 穴 | 穴 | |

丶 ㇇ 礻 礻 礻

| （衣） clothes 礻 | 礻 | 礻 | 礻 | 礻 | |

丨 冂 日 田 田

| field 田 | 田 | 田 | 田 | 田 | |

3 **Fill in the missing numbers.**

| 八 | | 十 | 十一 | | |

61

4 Colour in the clothes as required.

①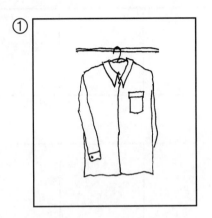

huáng sè de chèn shān
黃色的襯衫

②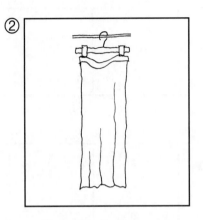

fěn sè de qún zi
粉色的裙子

③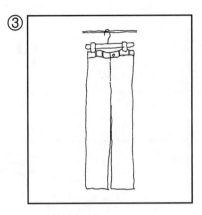

zōng sè de kù zi
棕色的褲子

④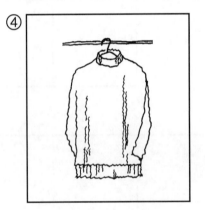

lǜ sè de máo yī
綠色的毛衣

⑤

zǐ sè de dà yī
紫色的大衣

⑥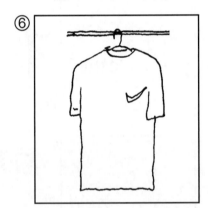

huī sè de xù shān
灰色的T恤衫

⑦

lán sè de xiào fú
藍色的校服

⑧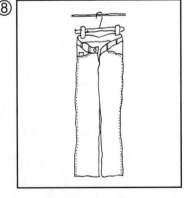

hēi sè de niú zǎi kù
黑色的牛仔褲

⑨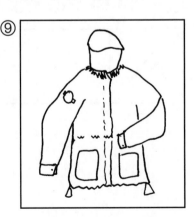

hóng sè de wài tào
紅色的外套

5 **Draw the clothes your parents are wearing today and colour them in.**

Useful words:

a) 白色 *bái sè*

b) 黑色 *hēi sè*

c) 红色 *hóng sè*

d) 黃色 *huáng sè*

e) 藍色 *lán sè*

f) 橙色 *chéng sè*

g) 綠色 *lǜ sè*

h) 棕色 *zōng sè*

i) 粉色 *fěn sè*

j) 灰色 *huī sè*

k) 紫色 *zǐ sè*

① Your father

② Your mother

6 Count the strokes of each character.

1) shì 是 ___9___ 2) xiào 校 _____ 3) qún 裙 _____

4) zhè 這 _____ 5) fú 服 _____ 6) chuān 穿 _____

7 Find the route by connecting all the colour words.

xiào 校	fú 服	qún 裙	kù 褲	zi 子	yán 顏
nán 男	nǚ 女	chéng 橙	bái 白	hēi 黑	suì 歲
huī 灰	lán 藍	zǐ 紫	zhè 這	huáng 黃	zōng 棕
hóng 紅	chèn 襯	shān 衫	wén 文	shì 是	hé 和

➡ Finish

↑ Start

8 Choose the correct characters.

1) 8 strokes fú 服 shì 是
   (√) (   )

2) 7 strokes hóng 紅 nán 男
   (   ) (   )

3) 9 strokes kù 褲 chuān 穿
   (   ) (   )

4) 10 strokes xiào 校 sè 色
   (   ) (   )

64

9 Read the sentences and draw pictures. Colour in the pictures.

①

②

nán shēng chuān bái sè de chèn shān
男 生 穿 白色的 襯 衫
hé lán sè de kù zi
和藍色的褲子。

nǚ shēng chuān huáng sè de chèn shān
女 生 穿 黄色的 襯 衫
hé zōng sè de qún zi
和棕色的裙子。

10 Draw pictures as required and colour them in.

1) The taxi in your country:

2) Your favourite clothes:

11 Draw your school uniform and colour them in.

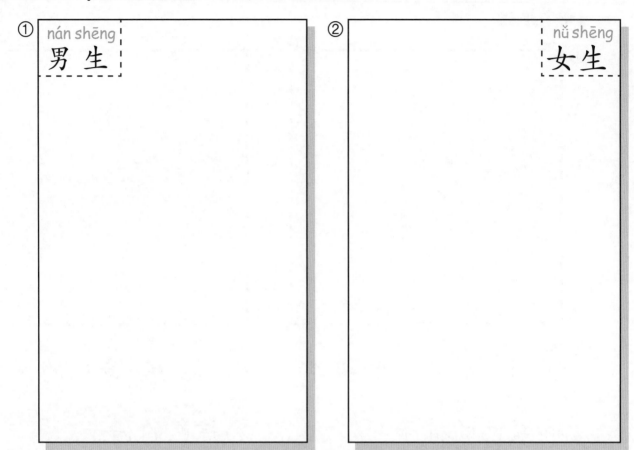

① *nán shēng*
男生

② *nǚ shēng*
女生

12 Trace the characters.

、	二	主	言	言	言	言	言	言	這	這

zhè this	這	這	這	這	這	

丶	冂	日	日	旦	早	早	是	是		

shì is/are	是	是	是	是	是	

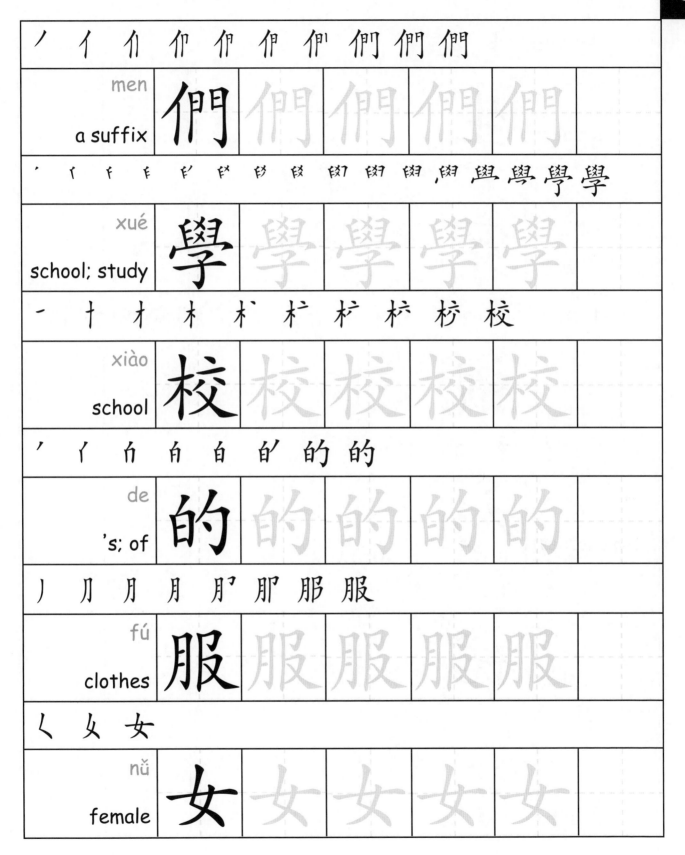

ノ　イ　イ　イア　们　们　们　們　們　們

| men | 們 | 們 | 們 | 們 | |
| a suffix | | | | | |

ˋ　ˊ　ˊ　ˊ　ˊ　ˊ　ˊ　ˊ　ˊ　ˊ　ˊ　與　學　學　學

| xué | 學 | 學 | 學 | 學 | |
| school; study | | | | | |

一　十　才　木　朾　朾　校　校　校　校

| xiào | 校 | 校 | 校 | 校 | |
| school | | | | | |

ˊ　ˊ　白　白　白　的　的　的

| de | 的 | 的 | 的 | 的 | |
| 's; of | | | | | |

丿　月　月　月　胒　服　服　服

| fú | 服 | 服 | 服 | 服 | |
| clothes | | | | | |

乁　乄　女

| nǚ | 女 | 女 | 女 | 女 | |
| female | | | | | |

ノ ヒ ヒ 牛 生					
shēng student	生	生	生	生	生
` 宀 宀 宀 宀 宀 空 穿 穿					
chuān wear	穿	穿	穿	穿	穿
` ㄱ ㄱ ネ ネ ネ ネ ネ 衤 衤 裈 裈 裈 褚 襯 襯 襯 襯 襯 襯					
chèn liner	襯	襯	襯	襯	襯
` ㄱ ㄱ ネ ネ ネ 衫 衫					
shān top (clothes)	衫	衫	衫	衫	衫
` ㄱ ㄱ ネ ネ 衤 衤 衵 裠 裠 裙 裙					
qún skirt	裙	裙	裙	裙	裙
ㄱ 了 子					
zi a suffix	子	子	子	子	子

丶 ㇆ 冂 日 日 田 甲 男					
nán male	男	男	男	男	男

丶 ㇅ 才 衤 衤 衤 衤 衤 衤 衤 衤 褚 褙 褲					
kù trousers	褲	褲	褲	褲	褲

13 Fill in the missing words.

1) zhè shì wǒ 這是我 [men □] de xué xiào 的學校。

2) mā ma xǐ huan lán 媽媽喜歡藍 [sè □] 。

3) wǒ men dōu shì xué 我們都是學 [shēng □] 。

4) gē ge bù chuān 哥哥不穿 [xiào □] fú 服。

14 Draw the clothes you like best and colour them in. Complete the sentence if you can.

我喜歡穿

_____

_____

69

第十課 我的姐姐

1 Trace the pinyin.

Y	y	y	y	y	y
W	w	w	w	w	

2 Trace the radicals.

`丶 亠 广 广 疒`					
疒 sickness	疒	疒	疒	疒	
`丨 冂 冂 月 目`					
目 eye	目	目	目	目	
`ㄱ 𠃌 阝`					
（邑） 阝 ear	阝	阝	阝	阝	

3 Read and match.

1) 宀 •

2) 疒 •

3) 目 •

4) 阝 •

5) 礻 •

6) 田 •

shòu
• a) 瘦

chuān
• b) 穿

shān
• c) 衫

yǎn
• d) 眼

nán
• e) 男

dōu
• f) 都

4 Look, read and match. Write the letters.

yǎn jing
b 1) 眼睛

zuǐ ba
☐ 2) 嘴巴

bí zi
☐ 3) 鼻子

tóu fa
☐ 4) 頭髮

5 Draw a picture as required and colour it in.

Dog:

dà yǎn jing
大眼睛

dà bí zi
大鼻子

dà zuǐ ba
大嘴巴

6 Fill in the missing pinyin.

q r zh j sh y ch w x

1) 小 __x__ iǎo 2) 姐 ___ iě 3) 瘦 ___ òu

4) 長 ___ áng 5) 眼 ___ ǎn 6) 這 ___ è

7) 裙 ___ ún 8) 人 ___ én 9) 五 ___ ǔ

7 Circle the words as required.

yǎn 眼	jīng 睛	xǐ 喜	huan 歡	hóng 紅
duì 對	zuǐ 嘴	bí 鼻	zi 子	qún 裙
xiè 謝	xiào 校	ba 巴	tóu 頭	kù 褲
nán 男	fú 服	chèn 襯	cháng 長	fa 髮
nǚ 女	shēng 生	shān 衫	yán 顏	sè 色

1) eyes √

2) nose

3) mouth

4) hair

5) school uniform

6) like

7) boy student

8) girl student

9) colour

72

8 Look, read and match.

yǎn jing
1) 眼睛 •————• a)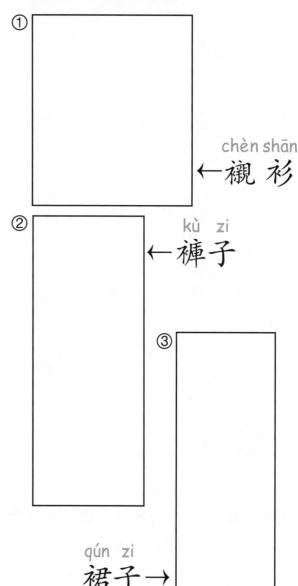

bí zi
2) 鼻子 • • b)

shǒu
3) 手 • • c)

jiǎo
4) 腳 • • d)

ěr duo
5) 耳朵 • • e)

tóu fa
6) 頭髮 • • f)

zuǐ ba
7) 嘴巴 • • g)

9 Draw pictures and colour them in.

①

chèn shān
← 襯衫

②

kù zi
← 褲子

③

qún zi
裙子→

10 Write the radicals.

zhè
1) 這→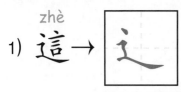

de
4) 的→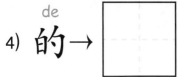

xué
2) 學→

fú
5) 服→

xiào
3) 校→

méi
6) 沒→

73

11 Connect the match-ing characters.

1) 眼 (yǎn)	• •	a) 巴 (ba)
2) 嘴 (zuǐ)	• •	b) 褲 (kù)
3) 長 (cháng)	• •	c) 睛 (jing)
4) 頭 (tóu)	• •	d) 生 (shēng)
5) 校 (xiào)	• •	e) 髮 (fa)
6) 男 (nán)	• •	f) 服 (fú)

12 Highlight the words as required.

yǎn	jing	chèn	shān	xiào
眼	睛	襯	衫	校
huáng	hóng	hēi	zuǐ	fú
黃	紅	黑	嘴	服
bái	sè	lán	bí	ba
白	色	藍	鼻	巴
tóu	fa	qún	zi	kù
頭	髮	裙	子	褲

1) Parts of the body: 藍色 (lán sè)

2) Clothes: 紅色 (hóng sè)

3) Colours: 黃色 (huáng sè)

13 Draw a picture of yourself and circle the words that describe you.

1) 眼睛（大、小）(yǎn jing / dà / xiǎo)

2) 鼻子（大、小、高）(bí zi / dà / xiǎo / gāo)

3) 嘴巴（大、小）(zuǐ ba / dà / xiǎo)

14 **Read the sentences and draw pictures.**

①

tā yǒu dà yǎn jing　xiǎo bí zi hé xiǎo zuǐ
他有大眼睛、小鼻子和小嘴
ba　　tā de tóu fa duǎn duǎn de　　shì hēi
巴。他的頭髮短短的，是黑
sè de
色的。

②

tā yǒu xiǎo yǎn jing　　gāo bí zi hé dà zuǐ
他有小眼睛、高鼻子和大嘴
ba　　tā méi yǒu tóu fa
巴。他沒有頭髮。

③

tā de yǎn jing dà dà de　　bí zi gāo gāo
她的眼睛大大的，鼻子高高
de　 zuǐ ba xiǎo xiǎo de　　tā de tóu fa
的，嘴巴小小的。她的頭髮
bù cháng　　shì chéng sè de
不長，是橙色的。

④

tā de yǎn jing xiǎo xiǎo de　　bí zi xiǎo
她的眼睛小小的，鼻子小
xiǎo de　　zuǐ ba xiǎo xiǎo de　　tā yǒu
小的，嘴巴小小的。她有
cháng tóu fa
長頭髮。

Trace the characters.

| 乀 | 女 | 女 | 如 | 如 | 妌 | 姐 | 姐 |

| jiě |
| elder sister |

姐　姐　姐　姐　姐

| 乀 | 女 | 女 | 如 | 她 | 她 |

| tā |
| she; her |

她　她　她　她　她

| 丿 | 刀 | 月 | 月 | 月 | 月ˊ | 肝 | 肸 | 胖 |

| pàng |
| chubby; fat |

胖　胖　胖　胖　胖

| ` | 宀 | 广 | 广 | 疒 | 疒 | 疒 | 疒 | 疒 | 疒 | 瘦 | 瘦 | 瘦 |

| shòu |
| thin; slim |

瘦　瘦　瘦　瘦　瘦

| 一 | 大 | 大 |

| dà |
| big |

大　大　大　大　大

| 丨 | 冂 | 月 | 月 | 目 | 目 | 肝 | 即 | 眨 | 眼 | 眼 |

| yǎn |
| eye |

眼　眼　眼　眼　眼

76

| 丨 | 冂 | 冂 | 月 | 目 | 目 | 目 | 旷 | 晴 | 晴 | 睛 | 睛 | 睛 |

| jīng
eyeball | 睛 | 睛 | 睛 | 睛 | 睛 | |

| 丶 | 亠 | 亠 | 古 | 古 | 卢 | 高 | 高 | 高 | 高 |

| gāo
tall; high | 高 | 高 | 高 | 高 | 高 | |

| 丿 | 亻 | 冂 | 白 | 白 | 白 | 自 | 鸟 | 鼻 | 畠 | 畠 | 鼻 | 鼻 |

| bí
nose | 鼻 | 鼻 | 鼻 | 鼻 | 鼻 | |

| 亅 | 小 | 小 |

| xiǎo
small; little | 小 | 小 | 小 | 小 | 小 | |

| 丨 | 冂 | 冂 | 叮 | 叶 | 吡 | 吡 | 吡 | 吡 | 嘴 | 嘴 | 嘴 | 嘴 | 嘴 | 嘴 |

| zuǐ
mouth | 嘴 | 嘴 | 嘴 | 嘴 | 嘴 | |

| 乛 | 刁 | 卫 | 巴 |

| bā
a suffix | 巴 | 巴 | 巴 | 巴 | 巴 | |

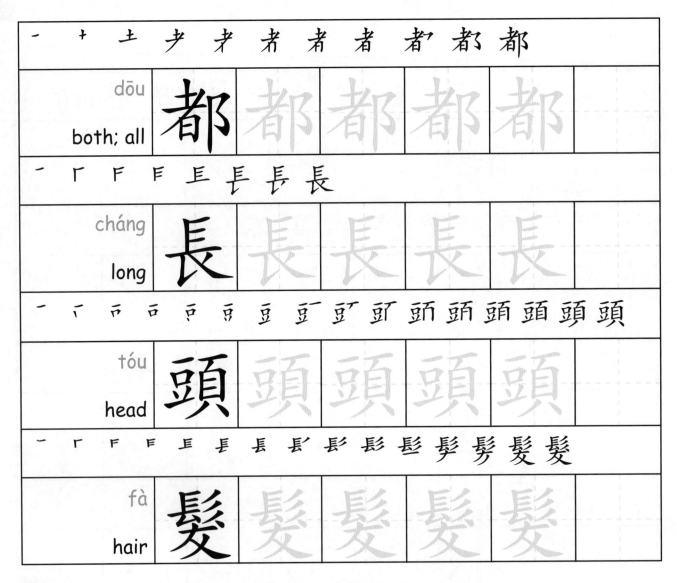

一	十	土	耂	耂	者	者	者	者	都	都

| dōu both; all | 都 | 都 | 都 | 都 | 都 | |

一	厂	厂	厂	厂	圧	長	長	長

| cháng long | 長 | 長 | 長 | 長 | 長 | |

一	厂	厂	戸	戸	戸	豆	豆	豆	豆	頭	頭	頭	頭	頭	頭

| tóu head | 頭 | 頭 | 頭 | 頭 | 頭 | |

一	厂	厂	厂	厂	圧	長	長	髟	髟	髟	髟	髣	髣	髮	髮

| fà hair | 髮 | 髮 | 髮 | 髮 | 髮 | |

16 Read the sentences and draw a picture.

她不胖也不瘦。她
的臉圓圓的，眼睛大大
的，鼻子高高的，嘴巴
小小的。她有黑色的頭
髮。她的頭髮不長。

78

17 **Draw pictures of your father and mother and the clothes they like best. Write a short paragraph if you can.**

①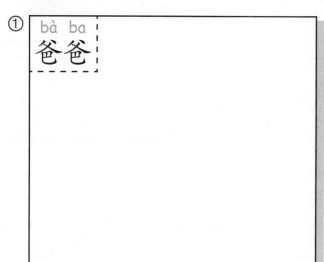

bà ba
爸爸

②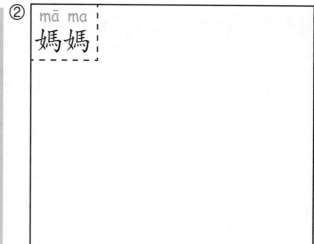

mā ma
媽媽

爸爸喜歡穿

_____   _____

_____   _____

_____   _____

18 **Write the numbers in Chinese.**

1) 15 十五   2) 9   3) 8   4) 10

5) 17   6) 12   7) 20   8) 16

第十一課 我的寵物

1 Trace the pinyin.

ai	ai	ai	ai	ai	ai	
ei	ei	ei	ei	ei	ei	
ui	ui	ui	ui	ui	ui	

2 Trace the radicals.

フ 力						
strength	力	力	力	力	力	
ノ 一 牛 牛						
（牛）cow	牛	牛	牛	牛	牛	
ノ ク イ						
two people	彳	彳	彳	彳	彳	

80

ノ ‪犭‬ 犭						
（犬） animal	犭	犭	犭	犭	犭	
ノ 刀 月 月						
（肉） flesh	月	月	月	月	月	

3 Draw pictures as required.

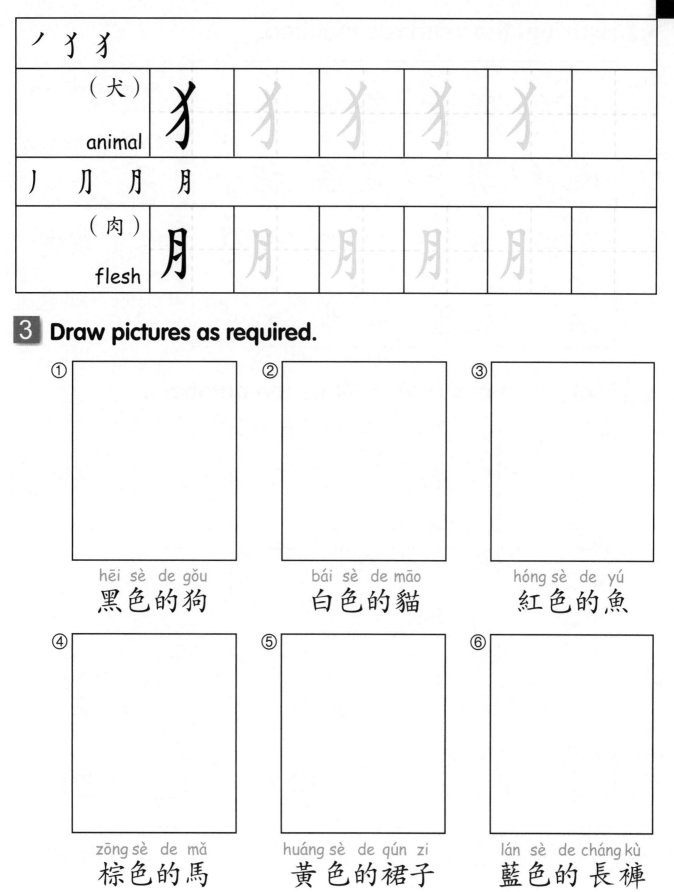

①
hēi sè de gǒu
黑色的狗

②
bái sè de māo
白色的貓

③
hóng sè de yú
紅色的魚

④
zōng sè de mǎ
棕色的馬

⑤
huáng sè de qún zi
黃色的裙子

⑥
lán sè de cháng kù
藍色的長褲

4 Highlight the words as required.

xiǎo gǒu 小狗	yǎn jing 眼睛	bà ba 爸爸	nán shēng 男生
chèn shān 襯衫	bí zi 鼻子	hēi māo 黑貓	qún zi 裙子
gē ge 哥哥	nǚ shēng 女生	mā ma 媽媽	zuǐ ba 嘴巴
jiě jie 姐姐	xiào fú 校服	cháng kù 長褲	dà mǎ 大馬

1) Animals: 紅色 *hóng sè*

2) Parts of the body: 藍色 *lán sè*

3) People: 黃色 *huáng sè*

4) Clothes: 綠色 *lǜ sè*

5 Look, read and match. Write the numbers.

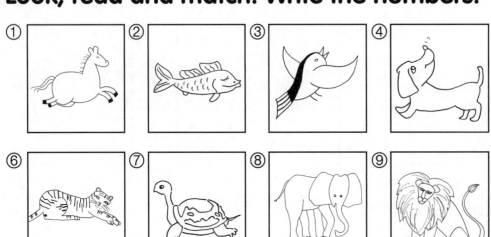

① ② ③ ④ ⑤

⑥ ⑦ ⑧ ⑨

2 a) 魚 *yú*	b) 馬 *mǎ*	c) 狗 *gǒu*
d) 鳥 *niǎo*	e) 貓 *māo*	f) 老虎 *lǎo hǔ*
g) 大象 *dà xiàng*	h) 烏龜 *wū guī*	i) 獅子 *shī zi*

6 **Draw pictures using the colours given. Colour in the pictures.**

①

lán sè　bái sè　hóng sè
藍色、白色、紅色

②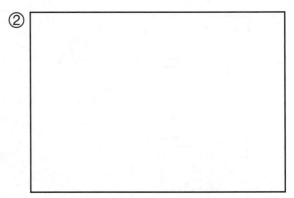

lǜ sè　zōng sè
綠色、棕色

③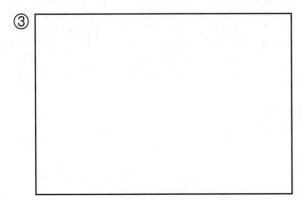

zǐ sè　huáng sè
紫色、黃色

④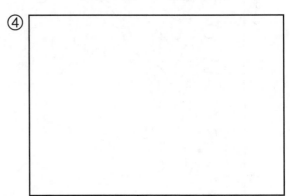

bái sè　hēi sè
白色、黑色

7 **Write the radicals.**

dòng
1) 動→ 力　

wù
2) 物→ 　

māo
3) 貓→ 　

dōu
4) 都→ 　

hěn
5) 很→ 　

jīng
6) 睛→ 　

shòu
7) 瘦→ 　

chèn
8) 襯→ 　

pàng
9) 胖→

8 Tick the boxes for the animals found in the picture. Colour in the animals.

mǎ ☑ 1) 馬	gǒu ☐ 2) 狗	māo ☐ 3) 貓
yú ☐ 4) 魚	niǎo ☐ 5) 鳥	wū guī ☐ 6) 烏龜
lǎo hǔ ☐ 7) 老虎	shī zi ☐ 8) 獅子	dà xiàng ☐ 9) 大象

9 Write the radicals.

1) 力
strength

2)
animal

3)
cow

4)
two people

5)
sickness

6)
eye

7)
ear

8)
cave

10 Connect the matching characters.

tóu
1) 頭 •

wù
• a) 物

chǎng
2) 寵 •

fa
• b) 髮

zuǐ
3) 嘴 •

jing
• c) 睛

bí
4) 鼻 •

ba
• d) 巴

yǎn
5) 眼 •

zi
• e) 子

xiào
6) 校 •

fú
• f) 服

11 Write characters from one stroke to ten strokes.

一

叫

校

12 Read the sentences, draw pictures and colour them in.

①

zhè zhī xiǎo gǒu yǒu dà yǎn
這 隻 小 狗 有 大 眼
jing　　dà bí zi hé dà zuǐ
睛 、 大 鼻 子 和 大 嘴
ba　　tā shēn shang de máo hěn
巴 。 牠 身 上 的 毛 很
cháng　　shì zōng sè de
長 ， 是 棕 色 的 。

zhè zhī māo hěn xiǎo　　yě
這 隻 貓 很 小 ， 也
hěn shòu　　tā yǒu yuán yuán de
很 瘦 。 牠 有 圓 圓 的
yǎn jing　　xiǎo xiǎo de bí zi hé
眼 睛 、 小 小 的 鼻 子 和
xiǎo xiǎo de zuǐ ba　　tā shì huī
小 小 的 嘴 巴 。 牠 是 灰
sè de
色 的 。

②

13 Write the numbers in Chinese.

1) 20　　2) 25　　3) 16　　4) 7

5) 29　　6) 34　　7) 38　　8) 40

14 **Trace the characters.**

` ` 一 ` ` ` 亓 亓 盲 盲 盲 重 重 重 動 動						

| dòng
move | 動 | 動 | 動 | 動 | 動 | |

` ` ` ` ` 牛 牛 牛 物 物 物						

| wù
creature | 物 | 物 | 物 | 物 | 物 | |

` ` ` 彳 彳 彳 彳 很 很 很						

| hěn
very | 很 | 很 | 很 | 很 | 很 | |

` 犭 犭 犭 狚 狗 狗 狗						

| gǒu
dog | 狗 | 狗 | 狗 | 狗 | 狗 | |

` ` ` ` 乊 豸 豸 豸 豸 豸 豼 貓 貓 貓 貓						

| māo
cat | 貓 | 貓 | 貓 | 貓 | 貓 | |

一 厂 厂 厂 馬 馬 馬 馬 馬 馬						

| mǎ
horse | 馬 | 馬 | 馬 | 馬 | 馬 | |

`丶 亠 宀 宀 宀 亩 宙 軍 重 重 裏 裹 裹

| lǐ inside | 裏 | 裏 | 裏 | 裏 | 裏 | |

`丶 丷 丷 半 羊 羊 美 美 羹 羹 羹 養 養 養

| yǎng raise | 養 | 養 | 養 | 養 | 養 | |

`丶 宀 宀 宀 宀 宀 宀 宀 宵 宵 宵 宵 宵 宠 宠 宠 寵

| chǒng spoil | 寵 | 寵 | 寵 | 寵 | 寵 | |

`了 了

| le a particle | 了 | 了 | 了 | 了 | 了 | |

`ノ 亻 亻 亻 伜 佟 佟 倏 倏 條

| tiáo a measure word | 條 | 條 | 條 | 條 | 條 | |

`ノ ク ク 叴 叴 鱼 鱼 魚 魚 魚 魚

| yú fish | 魚 | 魚 | 魚 | 魚 | 魚 | |

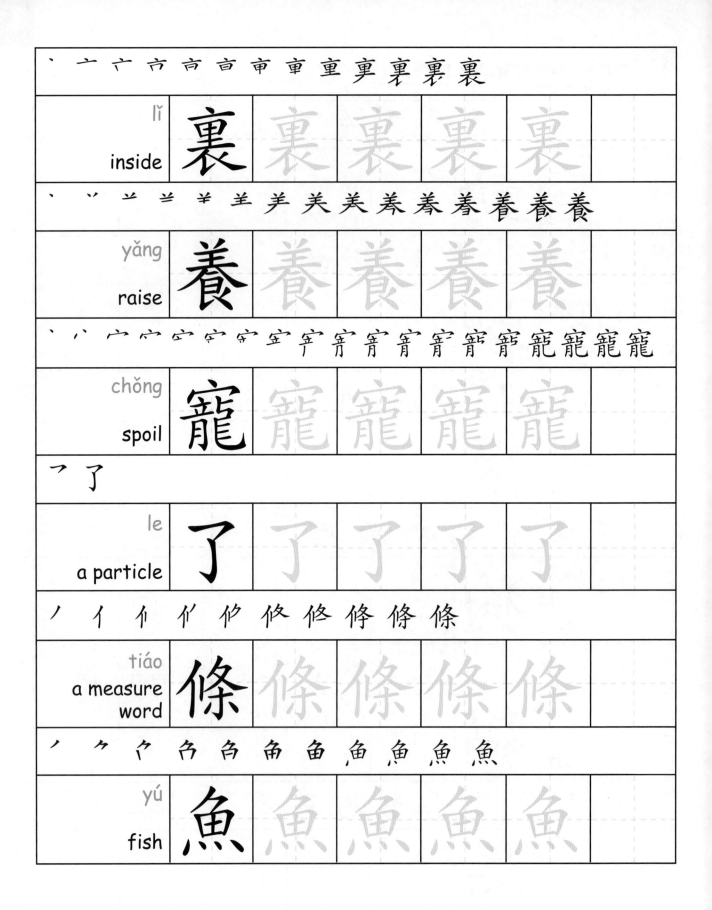

15 **Colour in the animals and write a few sentences about them.**

①

_____

_____

_____

_____

_____

_____

_____

_____

_____

②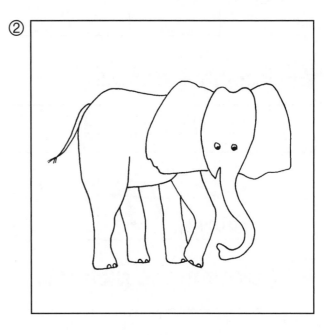

16 **Fill in the missing numbers.**

二			五		七		

第十二課 水果和蔬菜

1 Trace the pinyin.

ao	ao	ao	ao	ao	ao	
ou	ou	ou	ou	ou	ou	
iu	iu	iu	iu	iu	iu	

2 Trace the radical.

乚 乙 刄 母 母

	母	母	母	母	母	
mother						

3 Colour in the pictures.

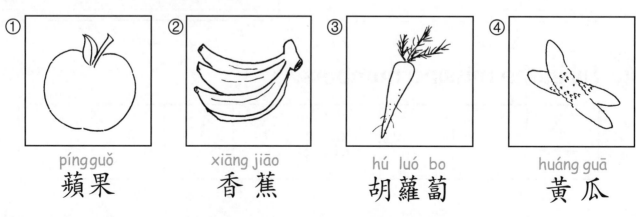

① píng guǒ
蘋果

② xiāng jiāo
香蕉

③ hú luó bo
胡蘿蔔

④ huáng guā
黃瓜

90

4 **Look, read and match. Write the numbers.**

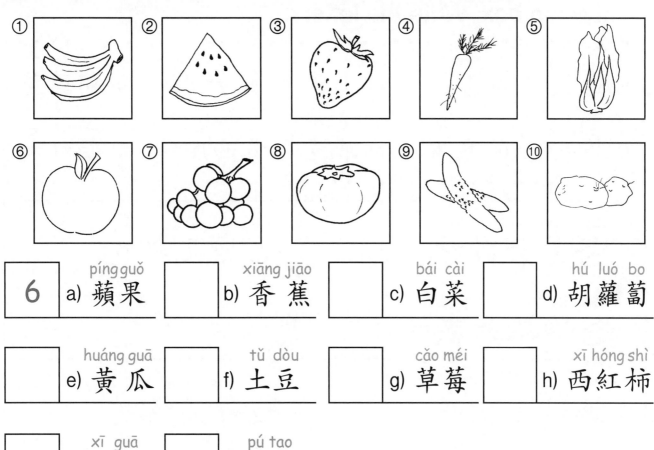

6 a) píng guǒ 蘋果	b) xiāng jiāo 香蕉	c) bái cài 白菜	d) hú luó bo 胡蘿蔔
e) huáng guā 黃瓜	f) tǔ dòu 土豆	g) cǎo méi 草莓	h) xī hóng shì 西紅柿
i) xī guā 西瓜	j) pú tao 葡萄		

5 **Circle the words that belong to the same category.**

1) 蔬菜 shū cài : a) 白菜 bái cài　b) 土豆 tǔ dòu　c) 西紅柿 xī hóng shì　d) 黃瓜 huáng guā　e) 西瓜 xī guā

2) 水果 shuǐ guǒ : a) 蘋果 píng guǒ　b) 青菜 qīng cài　c) 草莓 cǎo méi　d) 香蕉 xiāng jiāo　e) 葡萄 pú tao

3) 家人 jiā rén : a) 爸爸 bà ba　b) 哥哥 gē ge　c) 嘴巴 zuǐ ba　d) 妹妹 mèi mei　e) 眼睛 yǎn jing

6 Fill in the blanks with the fruit and vegetables from the top box. Write the letters.

bái cài a) 白菜	*qīng cài* b) 青菜	*tǔ dòu* c) 土豆	*huáng guā* d) 黃瓜	*hú luó bo* e) 胡蘿蔔
píng guǒ f) 蘋果	*xiāng jiāo* g) 香蕉	*cǎo méi* h) 草莓	*xī guā* i) 西瓜	*xī hóng shì* j) 西紅柿

1)
bà ba xǐ huan chī
爸爸喜歡吃：b

tā měi tiān dōu chī
他每天都吃：

bà ba bù xǐ huan chī
爸爸不喜歡吃：

2)
mā ma xǐ huan chī
媽媽喜歡吃：

tā měi tiān dōu chī
她每天都吃：

mā ma bù xǐ huan chī
媽媽不喜歡吃：

3)
wǒ xǐ huan chī
我喜歡吃：

wǒ měi tiān dōu chī
我每天都吃：

wǒ bù xǐ huan chī
我不喜歡吃：

7 Fill in the missing numbers.

九		十一		十三

8 **Draw pictures as required and colour them in.**

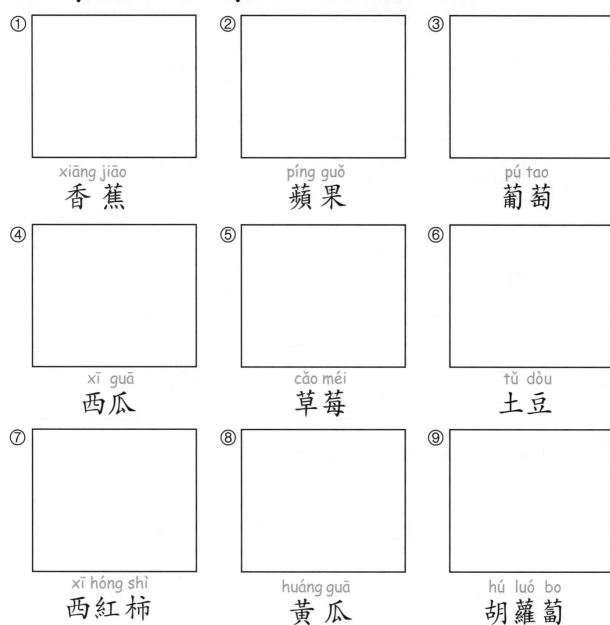

① xiāng jiāo
香蕉

② píng guǒ
蘋果

③ pú tao
葡萄

④ xī guā
西瓜

⑤ cǎo méi
草莓

⑥ tǔ dòu
土豆

⑦ xī hóng shì
西紅柿

⑧ huáng guā
黃瓜

⑨ hú luó bo
胡蘿蔔

9 **Fill in the missing numbers.**

1)

四十二			四十五

2)

五十七		五十九	

10 Trace the strokes as required.

1) 丶 (diǎn) | liù 六 | hēi 黑

5) ㇏ (nà) | tiān 天 | rén 人

2) 一 (héng) | wáng 王 | shēng 生

6) ㇀ (tí) | wǒ 我 | méi 沒

3) 丨 (shù) | jiào 叫 | zǎo 早

7) ㇕ (zhé) | jiàn 見 | bái 白

4) 丿 (piě) | jiā 家 | wén 文

8) 亅 (gōu) | duì 對 | zì 字

11 Circle the words as required.

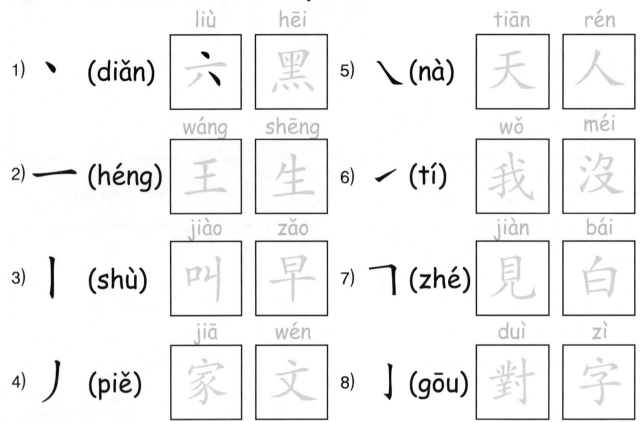

měi 每	tiān 天	píng 蘋	xiāng 香	dà 大
chèn 襯	shuǐ 水	guǒ 果	jiāo 蕉	bái 白
shān 衫	yǎn 眼	jing 睛	shū 蔬	cài 菜
dòng 動	huáng 黃	xī 西	hóng 紅	shì 柿
wù 物	guā 瓜	hú 胡	luó 蘿	bo 蔔

1) every day ✓
2) apple
3) banana
4) fruit
5) vegetable
6) cucumber
7) carrot
8) tomato
9) animal

12 Count the strokes of each character.

1) mǐi 每 __7__ 2) guǒ 果 _____ 3) chī 吃 _____

4) xiāng 香 _____ 5) cài 菜 _____ 6) guā 瓜 _____

13 Trace the characters.

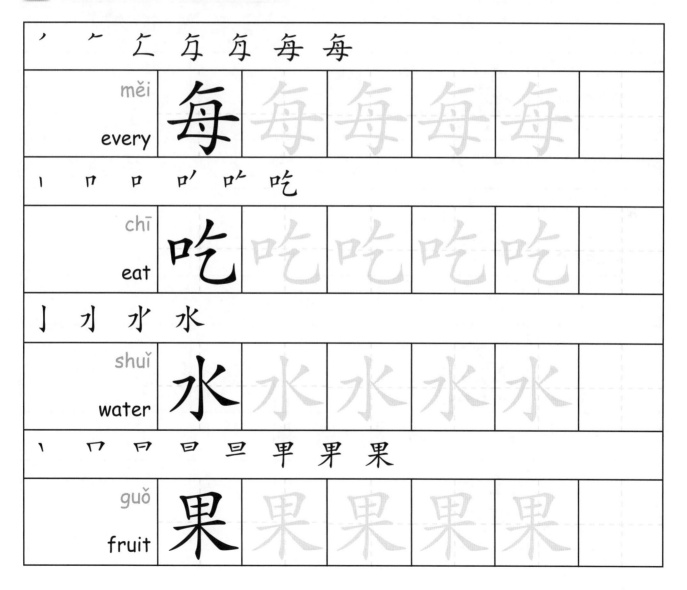

一 十 十 廿 艹 莳 萍 苹 苹 莳 莳 莳 蒴 蒴 蒴 蒴 蒴 蒴 蘋

| píng | 蘋 | 蘋 | 蘋 | 蘋 | 蘋 | |

丿 一 二 千 禾 禾 香 香 香 香

| xiāng
fragrant | 香 | 香 | 香 | 香 | 香 | |

一 十 十 廿 艹 产 广 花 芥 苹 苹 萑 萑 蕉 蕉 蕉 蕉

| jiāo
broadleaf
plants | 蕉 | 蕉 | 蕉 | 蕉 | 蕉 | |

一 十 十 廿 艹 艿 芷 茆 茆 疏 疏 蔬 蔬 蔬 蔬 蔬 蔬

| shū
vegetable | 蔬 | 蔬 | 蔬 | 蔬 | 蔬 | |

一 十 十 廿 艹 芊 芋 芯 苎 菜 菜 菜 菜

| cài
vegetable | 菜 | 菜 | 菜 | 菜 | 菜 | |

一 十 古 古 古 胡 胡 胡 胡

| hú
not native | 胡 | 胡 | 胡 | 胡 | 胡 | |

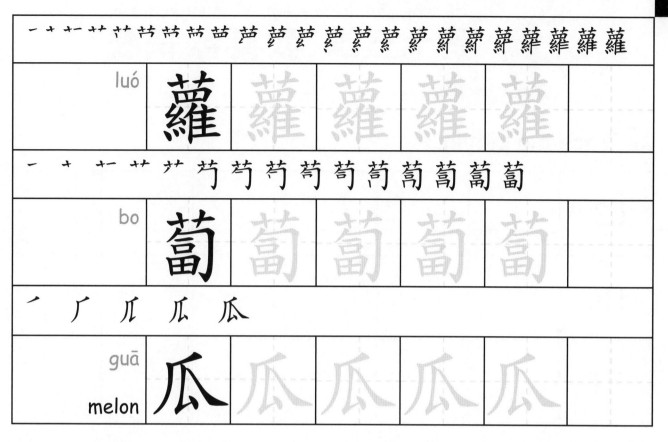

一十卄艹艻芍芍芍苗芦荮荳荳荳荳莎萝萝薆蘿蘿蘿					
luó	蘿	蘿	蘿	蘿	蘿
一十十十艹艹艻芍芍苟莒莒莒葍葍葍					
bo	葍	葍	葍	葍	葍
´ 厂 兀 瓜 瓜					
guā melon	瓜	瓜	瓜	瓜	瓜

14 Read the sentences and draw pictures.

wǒ bà ba xǐ huan chī tǔ dòu
我爸爸喜歡吃土豆、
huáng guā hé xī hóng shì
黃瓜和西紅柿。

wǒ mā ma xǐ huan chī píng guǒ
我媽媽喜歡吃蘋果、
xiāng jiāo hé xī guā
香蕉和西瓜。

①

②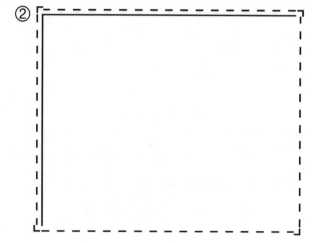

第十三課 我喜歡快餐

1 Trace the pinyin.

ie	ie	ie	ie	ie	ie	
ue	ue	ue	ue	ue	ue	
er	er	er	er	er	er	

2 Trace the radicals.

丶 丶 忄

（心） feeling	忄	忄	忄	忄	忄	

丶 丶 灬 灬

（火） heat	灬	灬	灬	灬	灬	

一 厂 广 币 乖 乖 乖 乖

rain	雨	雨	雨	雨	雨	

` ` ` ` ` ` ` ` ` 半 半 米					
rice 米	米	米	米	米	

3 **Circle the food and drinks words.**

yǎn jīng 眼睛	kě lè 可樂	huáng guā 黃瓜	guǒ zhī 果汁	hàn bǎo bāo 漢堡包
píng guǒ 蘋果	chèn shān 襯衫	xiāng jiāo 香蕉	qún zi 裙子	hú luó bo 胡蘿蔔
rè gǒu 熱狗	xī guā 西瓜	bí zi 鼻子	táng guǒ 糖果	cháng tóu fa 長頭髮

4 **Read and match.**

1) 人 ——— a) rén

2) 文 • • b) bù

3) 不 • • c) wén

4) 白 • • d) xiǎo

5) 小 • • e) shuǐ

6) 水 • • f) bái

5 **Write the radicals.**

1) kuài 快 → 忄

2) rè 熱 →

3) hàn 漢 →

4) měi 每 →

5) hē 喝 →

6) líng 零 →

7) táng 糖 →

8) dòng 動 →

6 Draw pictures as required and colour them in.

①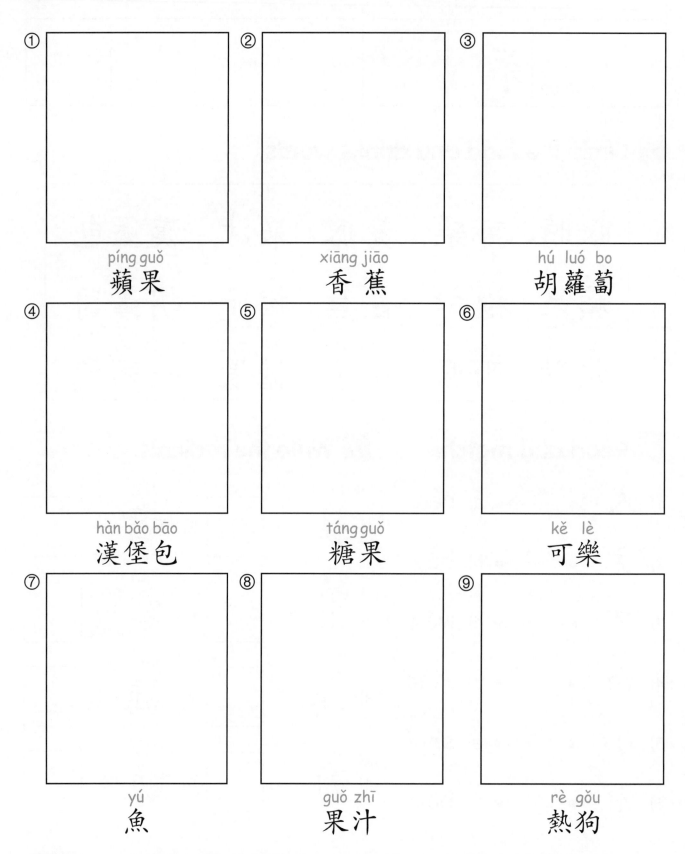

píng guǒ
蘋果

②

xiāng jiāo
香蕉

③

hú luó bo
胡蘿蔔

④

hàn bǎo bāo
漢堡包

⑤

táng guǒ
糖果

⑥

kě lè
可樂

⑦

yú
魚

⑧

guǒ zhī
果汁

⑨

rè gǒu
熱狗

7 **Connect the matching characters.**

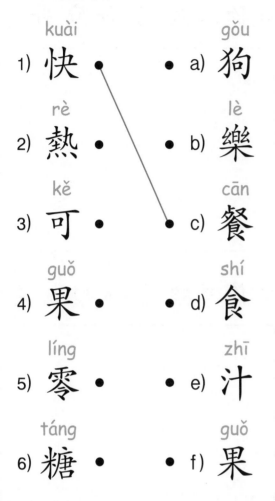

	kuài			gǒu
1)	快	•	• a)	狗
	rè			lè
2)	熱	•	• b)	樂
	kě			cān
3)	可	•	• c)	餐
	guǒ			shí
4)	果	•	• d)	食
	líng			zhī
5)	零	•	• e)	汁
	táng			guǒ
6)	糖	•	• f)	果

8 **Circle the correct characters.**

1) kě   可   喝

2) zhī   子   汁

3) cān   餐   三

4) lè   樂   了

5) mā   馬   媽

6) rè   熱   個

9 **Circle the words as required.**

rè 熱	gǒu 狗	shuǐ 水	táng 糖	kě 可
shū 蔬	píng 蘋	guǒ 果	zhī 汁	lè 樂
shēng 生	cài 菜	hàn 漢	bǎo 堡	bāo 包

1) hotdog ✓   5) fruit

2) hamburger   6) apple

3) coke   7) sweets

4) juice   8) vegetable

10 **Answer the questions by drawing picture.**

nǐ jiā yǒu jǐ kǒu rén
1) 你家有幾口人？

nǐ xǐ huan yǎng shén me chǒng wù
4) 你喜歡養什麼寵物？

nǐ xǐ huan chī shén me shuǐ guǒ
2) 你喜歡吃什麼水果？

nǐ xǐ huan chī shén me shū cài
5) 你喜歡吃什麼蔬菜？

nǐ xǐ huan hē shén me
3) 你喜歡喝什麼？

nǐ xǐ huan chī shén me líng shí
6) 你喜歡吃什麼零食？

11 Choose the correct colour(s) for each of the following. Write the letters.

hóng sè
a) 紅色

huáng sè
b) 黄色

lán sè
c) 藍色

bái sè
d) 白色

hēi sè
e) 黑色

zǐ sè
f) 紫色

chéng sè
g) 橙色

lǜ sè
h) 綠色

zōng sè
i) 棕色

huī sè
j) 灰色

fěn sè
k) 粉色

xī guā
1) 西瓜 _____h, a, e_____

huáng guā
6) 黃瓜 _____

píng guǒ
2) 蘋果 _____

xiāng jiāo
7) 香蕉 _____

tǔ dòu
3) 土豆 _____

gǒu
8) 狗 _____

māo
4) 貓 _____

yú
9) 魚 _____

tóu fa
5) 頭髮 _____

12 Fill in the blanks with characters to make words.

1)

糖	果

2)

	生

3)

	物

13 Find the opposite words. Write the letters if you cannot write characters.

a) xiǎo 小   b) nǚ 女   c) duǎn 短   d) bái 白

1) dà 大 → a   2) hēi 黑 → __   3) cháng 長 → __   4) nán 男 → __

14 Write your telephone number in Chinese.

_____

15 Circle the correct characters.

1) wǒ jiā yǒu wǔ kǒu 我家有五口（人／大）。

2) dì di xǐ huan hē guǒ 弟弟喜歡喝果（什／汁）。

3) wǒ mā ma bù xǐ huan chī líng 我媽媽不喜歡吃零（餐／食）。

4) jiě jie xǐ huan chuān cháng 姐姐喜歡穿長（襯／裙）。

5) wǒ měi tiān dōu yí ge píng guǒ 我每天都（喝／吃）一個蘋果。

16 Trace the characters.

	㇀ ㇀ ㇀ ㇀ 忄 忙 快 快				
kuài fast	快	快	快	快	

	㇀ ㇀ ㇀ ㅏ 勺 夕 夗 夗 夗 夗 夗 夗 夗 夗 夗 夗 餐 餐				
cān food; meal	餐	餐	餐	餐	

	一 十 土 寺 寺 寺 寺 寺 寺 執 執 熱 熱 熱				
rè hot	熱	熱	熱	熱	

	㇀ ㇀ ㇀ ㇀ 氵 汁 泄 泄 泄 泄 滢 滢 滢 漢 漢 ノ イ 亻 亻 亻 俨 伢 保 保 保 堡 堡				
hàn bǎo Hamburg	漢堡	漢 堡			

	㇀ ㇀ ㇀ 勹 匀 包				
bāo bag	包	包	包	包	

丨	丨冂	口	叮	吲	吲	吲	吲	喝	喝	喝	喝	

hē drink	喝	喝	喝	喝	喝

一	丆	丏	司	可	乚	幺	幺	幺	幼	幼	絈	綤	樂 樂 樂

kě lè coke	可	樂	可	樂	

丶	丶丶	氵	汇	汁

zhī juice	汁	汁	汁	汁	汁

一	丆	厂	戸	雨	零	雫	雫	雫	雫	零	零	零

líng bits and pieces	零	零	零	零	零

丿	人	人	今	今	今	食	食	食

shí food	食	食	食	食	食

丶	丷	丷	半	半	米	米	米	料	粐	粐	粐	糖	糖	糖	糖

táng sugar; sweets	糖	糖	糖	糖	糖

17 Fill in the missing numbers.

1)

五十四		五十六	

2)

六十七			七十

18 Rearrange the word order to make sentences. You may write pinyin if you cannot write characters.

1)
chī　　　　māo　　　　yú　　　　xǐ huan
吃　　　貓　　　魚　　　喜歡　。

→ 貓喜歡吃魚。

2)
měi tiān　　táng guǒ　　dì di　　dōu　　chī
每天　　糖果　　弟弟　　都　　吃　。

→ 弟弟

3)
wáng tiān yī　　gǒu　　māo　　hé　　yǎng le
王天一　　狗　　貓　　和　　養了　。

→ 王天一

4)
bù　　kuài cān　　mā ma　　chī　　xǐ huan
不　　快餐　　媽媽　　吃　　喜歡　。

→ 媽媽

1 Trace the pinyin.

un	un	un	un	un	un	
ün	ün	ün	ün	ün	ün	

2 Trace the radicals.

ノ 𠂉 ト 𠂆 𠂇 牟 牟 金 金

metal	金	金	金	金	金	

ノ 𠂉 ⺮ ⺮ 竹 竹

（竹）bamboo	竹	竹	竹	竹	竹	

丨 冂 冂 皿 皿 皿

utensil	皿	皿	皿	皿	皿	

108

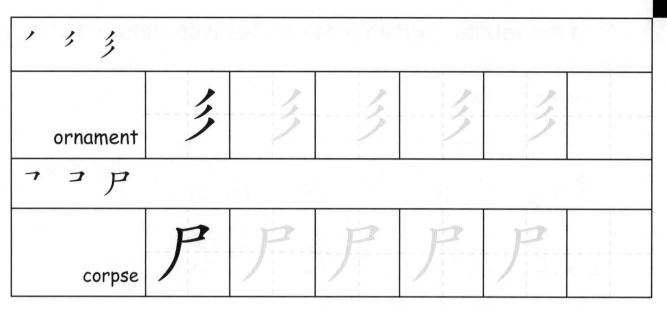

＇	＜	彡				
ornament	彡	彡	彡	彡	彡	
ㄱ	コ	尸				
corpse	尸	尸	尸	尸	尸	

3 **Draw a school bag with the things in the box below.**

a) 書包 *shū bāo*

b) 本子 *běn zi*

c) 文具盒 *wén jù hé*

d) 鉛筆 *qiān bǐ*

e) 彩色筆 *cǎi sè bǐ*

f) 尺子 *chǐ zi*

g) 橡皮 *xiàng pí*

4 **Find the routes. Highlight the routes with different colours.**

Route 1:
stationery ↓

Route 2:
food ↓

shū bāo 書包	rè gǒu 熱狗	xiāng jiāo 香蕉	dòng wù 動物
qiān bǐ 鉛筆	chǐ zi 尺子	píng guǒ 蘋果	huáng guā 黃瓜
chǒng wù 寵物	xiàng pí 橡皮	cǎi sè bǐ 彩色筆	xī guā 西瓜
bí zi 鼻子	xiǎo mǎ 小馬	běn zi 本子	bái cài 白菜

hóng sè
Route 1: 紅色

huáng sè
Route 2: 黃色

Route 1 ↑   Route 2 ↑

5 **Answer the question by drawing pictures.**

nǐ de shū bāo li yǒu shén me
你的書包裏有什麼？

110

6 **Look, read and match. Colour in the pictures.**

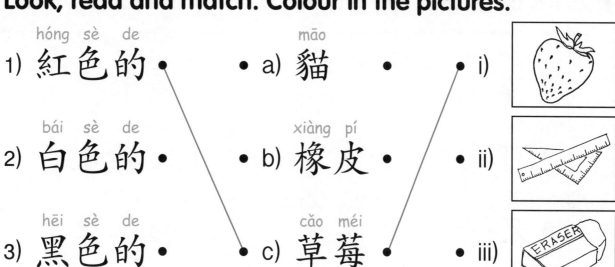

1) hóng sè de
红色的 •

a) māo
貓 •

i)

2) bái sè de
白色的 •

b) xiàng pí
橡皮 •

ii)

3) hēi sè de
黑色的 •

c) cǎo méi
草莓 •

iii)

4) zōng sè de
棕色的 •

d) chǐ zi
尺子 •

iv)

5) huáng sè de
黄色的 •

e) qún zi
裙子 •

v)

6) lán sè de
藍色的 •

f) gǒu
狗 •

vi)

7) zǐ sè de
紫色的 •

g) xiāng jiāo
香蕉 •

vii)

7 **Write the numbers in Chinese.**

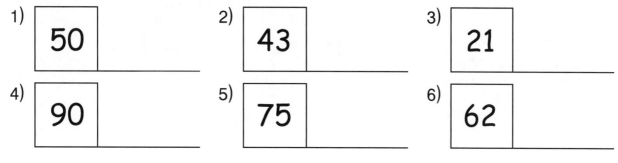

1) 50

2) 43

3) 21

4) 90

5) 75

6) 62

8 Tick the stationery words.

1) xiàng pí 橡皮 ✓
2) kě lè 可樂
3) chǐ zi 尺子
4) běn zi 本子
5) shū bāo 書包

9 Tick the food words.

1) píng guǒ 蘋果
2) wén jù hé 文具盒
3) cǎi sè bǐ 彩色筆
4) xiāng jiāo 香蕉
5) rè gǒu 熱狗

10 Circle the words as required.

shū 書	bāo 包	kù 褲	běn 本	chǐ 尺
wén 文	là 蠟	qún 裙	zi 子	kuài 快
jù 具	xiàng 橡	shuǐ 水	guǒ 果	cān 餐
hé 盒	pí 皮	zhī 汁	líng 零	shí 食

1) school bag ✓
2) pencil case
3) snacks
4) eraser
5) ruler
6) fruit
7) fast-food

11 Match words to make sentences.

1) wǒ jiā yǒu
我家有 ●————● a) sì kǒu rén
四口人。

2) wǒ de shū bāo li yǒu
我的書包裏有 ● ● b) píng guǒ
蘋果。

3) dì di xǐ huan hē
弟弟喜歡喝 ● ● c) qiān bǐ hé xiàng pí
鉛筆和橡皮。

4) mā ma měi tiān dōu chī
媽媽每天都吃 ● ● d) kě lè
可樂。

5) gē ge xǐ huan yǎng
哥哥喜歡養 ● ● e) gǒu hé māo
狗和貓。

12 Draw pictures as required.

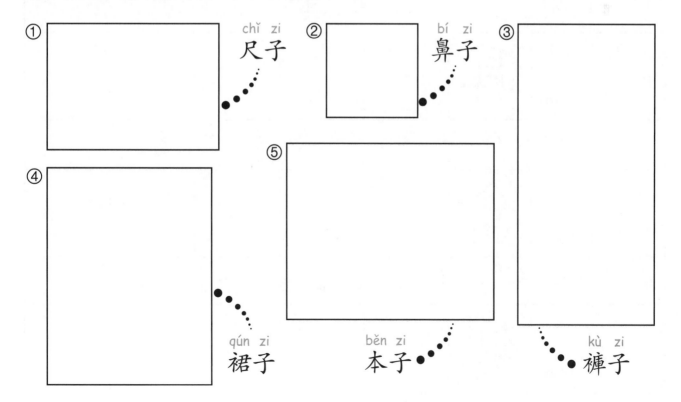

① chǐ zi 尺子

② bí zi 鼻子

③

④ qún zi 裙子

⑤ běn zi 本子

kù zi 褲子

13 Trace the characters.

ㄱ ㄱ ㅋ ㅌ 聿 書 書 書 書 書						
shū book	書	書	書	書	書	
一 十 才 木 本						
běn book	本	本	本	本	本	
丶 亠 ㇏ 文						
wén a piece of writing	文	文	文	文	文	
丨 冂 冂 月 目 且 具 具						
jù tool	具	具	具	具	具	
丿 入 仒 仐 合 合 合 含 盒 盒 盒						
hé box; case	盒	盒	盒	盒	盒	
丿 丷 亇 乍 乍 牟 余 金 釒 鈆 鉛 鉛 鉛						
qiān lead	鉛	鉛	鉛	鉛	鉛	

ノ ト ゲ ゲ ゲ ゲ ゲ 竺 竺 竺 竺 筆

| bǐ pen | 筆 | 筆 | 筆 | 筆 | 筆 | |

ノ ハ ゲ ゲ 罕 乎 采 采 彩 彩 彩

| cǎi multicolour | 彩 | 彩 | 彩 | 彩 | 彩 | |

ラ コ ユ 尸 尺

| chǐ ruler | 尺 | 尺 | 尺 | 尺 | 尺 | |

ヽ ロ ロ 罒 罒 罒 罘 罗 罗 睘 睘 睘 還 還 還

| hái also; in addition | 還 | 還 | 還 | 還 | 還 | |

一 十 十 才 村 杧 杧 柠 枒 栌 榝 榝 橡 橡 橡

| xiàng rubber tree | 橡 | 橡 | 橡 | 橡 | 橡 | |

ラ 厂 广 皮 皮

| pí rubber | 皮 | 皮 | 皮 | 皮 | 皮 | |

第十五課 我的家

1 Trace the pinyin.

an	an	an	an	an	an	
en	en	en	en	en	en	
in	in	in	in	in	in	

2 Trace the radicals.

丨 冂 冃 戸 冃 門 門 門					
door 門	門	門	門	門	

丶 冫 冖 戸					
household 戸	戸	戸	戸	戸	

丶 亠 广					
shelter 广	广	广	广	广	

116

3 **Write the correct pinyin and tones.**

an   en   in

1) jiàn 見

2) n 您

3) c 餐

4) sh 什

5) m 們

6) r 人

7) w 文

8) hu 歡

9) y 顏

10) l 藍

11) ch 襯

12) sh 衫

13) h 很

14) y 眼

15) qi 鉛

4 **Label the rooms with the matching letters.**

wò shì
ⓐ 臥室

kè tīng
ⓑ 客廳

yù shì
ⓒ 浴室

chú fáng
ⓓ 廚房

shū fáng
ⓔ 書房

5 **Tick the correct words under each category.**

Rooms	Stationery	Animals
wò shì 1) 卧室 ✓	chǐ zi 1) 尺子	gǒu 1) 狗
kè tīng 2) 客廳	xiàng pí 2) 橡皮	píng guǒ 2) 蘋果
líng shí 3) 零食	shū fáng 3) 書房	māo 3) 貓
yù shì 4) 浴室	cǎi sè bǐ 4) 彩色筆	mǎ 4) 馬
chú fáng 5) 廚房	běn zi 5) 本子	rè gǒu 5) 熱狗

6 **Count the strokes of each character.**

liǎng
1) 兩 ___8___

wò
2) 卧 _____

líng
3) 零 _____

bāo
4) 包 _____

fáng
5) 房 _____

jiān
6) 間 _____

kè
7) 客 _____

yù
8) 浴 _____

chú
9) 廚 _____

118

7 Draw your friend's house and label the rooms with pinyin.

wò shì | kè tīng | chú fáng | shū fáng | yù shì
a) 卧室 b) 客廳 c) 廚房 d) 書房 e) 浴室

8 Circle the food and drinks words.

huáng guā	xiāng jiāo	píng guǒ	chú fáng	shū fáng	kě lè
黃瓜	香蕉	蘋果	廚房	書房	可樂
wò shì	rè gǒu	kè tīng	hàn bǎo bāo	líng shí	yù shì
卧室	熱狗	客廳	漢堡包	零食	浴室

9 Write the radicals.

1)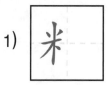

rice

2)

household

3)

eye

4)

metal

5)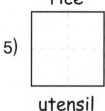

utensil

6)

ornament

7)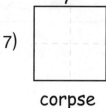

corpse

8)

feeling

10 Look, read and match. Write the numbers.

①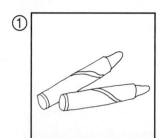

②

③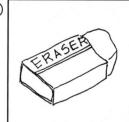

④

⑤

⑥

⑦

⑧

là bǐ
1 a) 蠟筆

xiàng pí
b) 橡皮

chǐ zi
c) 尺子

kě lè
d) 可樂

shū bāo
e) 書包

tángguǒ
f) 糖果

rè gǒu
g) 熱狗

wén jù hé
h) 文具盒

11 Read the sentences, draw pictures and colour them in.

wǒ jiā yǒu sān jiān wò
我家有三間卧

shì　　wǒ jiā hái yǒu
室。我家還有

kè tīng　　yù shì
客廳、浴室、

chú fáng　　shū fáng
廚房、書房

hé yáng tái
和陽台。

①

②

wǒ jiā yǒu liǎng jiān
我家有兩間

wò shì　　wǒ jiā hái
卧室。我家還

yǒu kè tīng　　　yù
有客廳、浴

shì　　chú fáng hé
室、廚房和

shū fáng
書房。

12 Write the numbers in Chinese.

1) 40

2) 56

3) 61

4) 72

5) 84

6) 98

13 Trace the characters.

一 厂 厅 币 雨 兩 兩 兩				
liǎng two	兩	兩	兩	兩

丨 丨 月 月 門 門 門 門 間 間 間				
jiān a measure word	間	間	間	間

一 丁 丐 丐 手 臣 卧 卧				
wò lie	卧	卧	卧	卧

丶 丷 宀 宀 宀 宔 宰 室 室				
shì room	室	室	室	室

丶 丷 宀 宀 宄 安 安 客 客				
kè guest	客	客	客	客

丶 亠 广 广 广 庁 庁 庁 庐 庐 庐 庐 庐 廈 廈 廈 廈 廚 廚 廳 廳 廳				
tīng hall	廳	廳	廳	廳

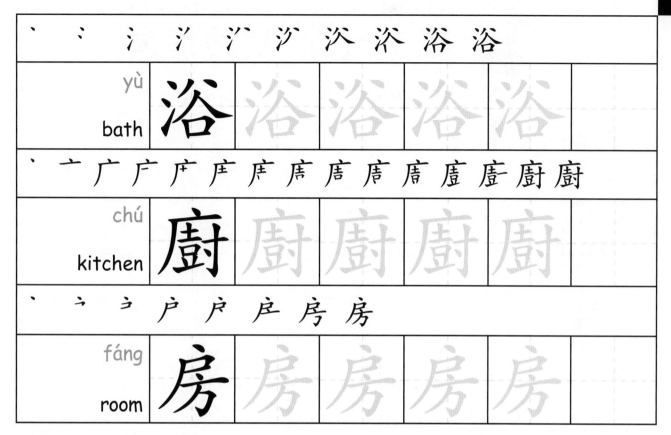

` ` ` ` ` ` ` ` ` `				
yù bath	浴	浴	浴	浴
chú kitchen	廚	廚	廚	廚
fáng room	房	房	房	房

14 **Write two characters for each radical.**

1) 目 眼 ☐

2) 犭 ☐ ☐

3) 宀 ☐ ☐

4) 衤 ☐ ☐

15 **Write the characters.**

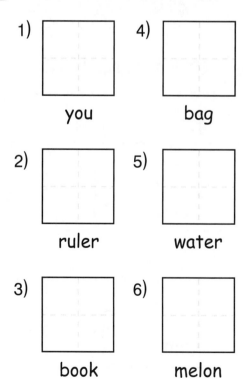

1) ☐ you

2) ☐ ruler

3) ☐ book

4) ☐ bag

5) ☐ water

6) ☐ melon

第十六課 我的房間

1 Trace the pinyin.

ang	ang	ang	ang	ang	ang	
eng	eng	eng	eng	eng	eng	
ing	ing	ing	ing	ing	ing	
ong	ong	ong	ong	ong	ong	

2 Trace the radicals.

一 十 才						
（手） hand	才	才	才	才	才	
丶 ㇇ 礻 礻						
（示） ritual	礻	礻	礻	礻	礻	

124

3 Write the correct pinyin and tones.

> ang　eng　ing　ong

1) fáng 房
2) ch 寵
3) j 晴
4) d 動
5) x 姓
6) sh 生
7) ch 長
8) y 養
9) p 蘋
10) t 糖

4 Highlight the words as required.

yī guì 衣櫃	wò shì 卧室	diàn nǎo 電腦	shū fáng 書房
kè tīng 客廳	chuáng 牀	qiān bǐ 鉛筆	shū zhuō 書桌
běn zi 本子	yù shì 浴室	chǐ zi 尺子	xiàng pí 橡皮
chú fáng 廚房	cǎi sè bǐ 彩色筆	yǐ zi 椅子	diàn shì 電視

1) Furniture: huáng sè 黃色
2) Things that use electricity: huī sè 灰色
3) Rooms: lán sè 藍色
4) Stationery: lù sè 綠色

5 Draw pictures as required.

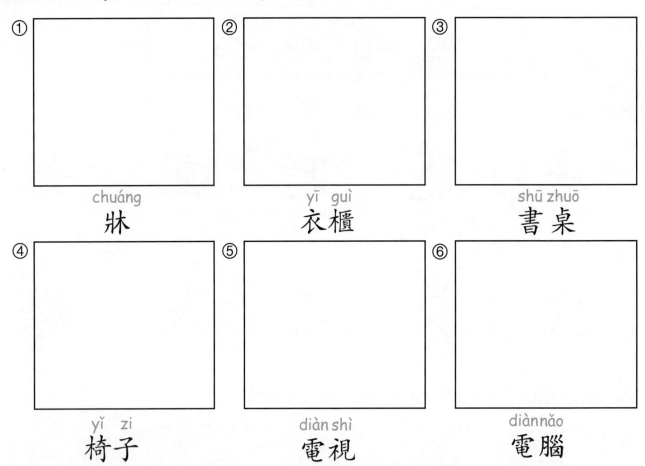

① chuáng
牀

② yī guì
衣櫃

③ shū zhuō
書桌

④ yǐ zi
椅子

⑤ diàn shì
電視

⑥ diàn nǎo
電腦

6 Write the radicals.

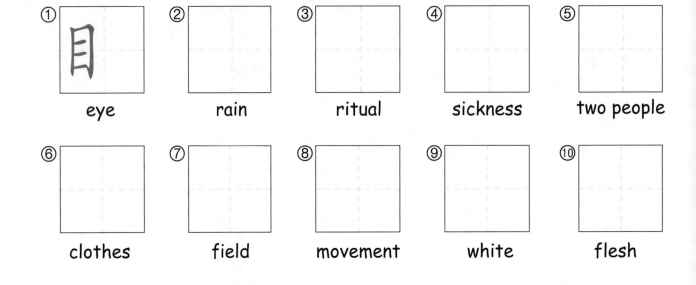

① 目 eye

② rain

③ ritual

④ sickness

⑤ two people

⑥ clothes

⑦ field

⑧ movement

⑨ white

⑩ flesh

7 **Circle the words as required.**

yǐ 椅	zi 子	líng 零	chǒng 寵	dòng 動
shū 書	zhuō 桌	běn 本	shí 食	wù 物
kè 客	bāo 包	fáng 房	diàn 電	yù 浴
cān 餐	tīng 廳	nǎo 腦	shì 視	shì 室

1) chair √

2) desk

3) school bag

4) television

5) computer

6) animal

7) bathroom

8) living room

8 **Tick the correct characters.**

1) 12 strokes
   yǐ 椅   chú 廚
   (√) ( )

2) 9 strokes
   bǐ 筆   kè 客
   ( ) ( )

3) 8 strokes
   fáng 房   shí 食
   ( ) ( )

4) 6 strokes
   shì 室   yī 衣
   ( ) ( )

5) 10 strokes
   shì 視   zhuō 桌
   ( ) ( )

6) 5 strokes
   měi 每   pí 皮
   ( ) ( )

9 Read the sentences and draw pictures.

①

shū zhuō shang yǒu shū
書桌上有書
bāo   wén jù hé
包、文具盒、
qiān bǐ   cǎi sè bǐ
鉛筆、彩色筆、
chǐ zi hé xiàng pí
尺子和橡皮。

②

chuáng shang yǒu chèn
牀　上　有　襯
shān   qún zi hé kù
衫、裙子和褲
zi
子。

10 Group the words in the box. Write the letters.

chèn shān
a) 襯衫

wò shì
b) 卧室

qún zi
c) 裙子

kè tīng
d) 客廳

xiāng jiāo
e) 香蕉

xī guā
f) 西瓜

píng guǒ
g) 蘋果

yù shì
h) 浴室

shū fáng
i) 書房

chǐ zi
j) 尺子

kù zi
k) 褲子

cǎi sè bǐ
l) 彩色筆

xiàng pí
m) 橡皮

qiān bǐ
n) 鉛筆

cǎo méi
o) 草莓

dà yī
p) 大衣

1) Clothes: __a__ _____ _____ _____

2) Rooms: _____ _____ _____ _____

3) Fruit: _____ _____ _____ _____

4) Stationery: _____ _____ _____ _____

11 Write the numbers from 3 to 10.

三							十

12 **Find the routes and highlight them with different colours.**

Route 1:
Furniture ➡

chuáng 牀	yī guì 衣櫃	shū zhuō 書桌	yǐ zi 椅子	➡ Route 1
diàn nǎo 電腦	xiàng pí 橡皮	kě lè 可樂	là bǐ 蠟筆	
wò shì 臥室	chú fáng 廚房	shū fáng 書房	shū cài 蔬菜	
shū bāo 書包	shuǐ guǒ 水果	fáng jiān 房間	kè tīng 客廳	➡ Route 2

Route 2:
Rooms ➡

13 **Colour in the pictures. Read and match. Write the numbers.**

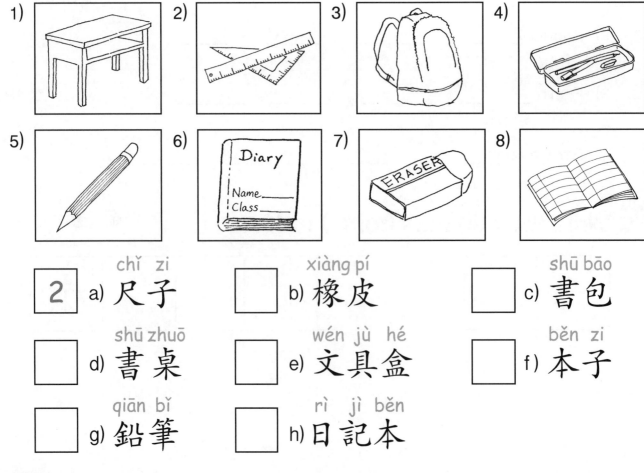

1) 2) 3) 4)

5) 6) 7) 8)

2	a) chǐ zi 尺子		b) xiàng pí 橡皮		c) shū bāo 書包
	d) shū zhuō 書桌		e) wén jù hé 文具盒		f) běn zi 本子
	g) qiān bǐ 鉛筆		h) rì jì běn 日記本		

14 Read the sentences, draw pictures and colour them in.

wǒ de fáng jiān li yǒu
我 的 房 間 裏 有
chuáng shū zhuō yǐ
牀 、 書 桌 、 椅
zi hái yǒu diàn shì
子 ， 還 有 電 視
hé diàn nǎo
和 電 腦 。

①

shū zhuō shang yǒu shū
書 桌 上 有 書
bāo chǐ zi xiàng
包 、 尺 子 、 橡
pí qiān bǐ cǎi
皮 、 鉛 筆 、 彩
sè bǐ hé wén jù
色 筆 和 文 具
hé
盒 。

②

15 Trace the characters.

| ㇄ | 丩 | 丩 | 爿 | 爿 | 爿 | 牀 | 牀 | | | |

| chuáng
bed | 牀 | 牀 | 牀 | 牀 | 牀 | |

| ㇔ | 丶 | 亠 | 亠 | 亣 | 衣 | 衣 | | | | |

| yī
clothes | 衣 | 衣 | 衣 | 衣 | 衣 | |

| 一 | 十 | 才 | 木 | 朴 | 朾 | 杧 | 柜 | 桓 | 框 | 棓 | 槽 | 櫃 | 櫃 | 櫃 | 櫃 |

| guì
cupboard | 櫃 | 櫃 | 櫃 | 櫃 | 櫃 | |

| ㇒ | ⺊ | ⺀ | 占 | 卢 | 卣 | 点 | 卓 | 桌 | 桌 | |

| zhuō
table; desk | 桌 | 桌 | 桌 | 桌 | 桌 | |

| 一 | 十 | 才 | 木 | 朩 | 朾 | 柯 | 柯 | 柼 | 栲 | 椅 | 椅 | 椅 | | | |

| yǐ
chair | 椅 | 椅 | 椅 | 椅 | 椅 | |

| 一 | 厂 | 厃 | 示 | 雨 | 雨 | 雨 | 雨 | 雷 | 雷 | 雷 | 電 | |

| diàn
electricity | 電 | 電 | 電 | 電 | 電 | |

| ﾉ | 刀 | 月 | 月 | 肜 | 肜 | 肜 | 肜 | 胏 | 脳 | 脳 | 脳 | 腦 |

| nǎo
brain | 腦 | 腦 | 腦 | 腦 | 腦 | |

| ` | ｱ | ｵ | ｵ | 礻 | 初 | 初 | 祀 | 視 | 視 | 視 |

| shì
look | 視 | 視 | 視 | 視 | 視 | |

16 **Draw your room and the things inside. Complete the sentence if you can.**

我的房間裏有

_____

_____

_____

_____

_____

_____

詞匯表

B

bā	八	eight
bā	巴	a suffix
bà(ba)	爸（爸）	dad; father
bái	白	white
báisè	白色	white
bāo	包	bag
běn	本	book
běnzi	本子	notebook
bí	鼻	nose
bízi	鼻子	nose
bǐ	筆	pen
búkèqi	不客氣	you're welcome

C

cǎi	彩	muticolour
cǎisè	彩色	muticolour
cǎisèbǐ	彩色筆	colour pencil
cài	菜	vegetable
cān	餐	food; meal
cháng	長	long
chèn	襯	liner
chènshān	襯衫	shirt
chī	吃	eat
chǐ	尺	ruler
chǐzi	尺子	ruler

chǒng	寵	spoil
chǒngwù	寵物	pet
chú	廚	kitchen
chúfáng	廚房	kitchen
chuān	穿	wear
chuáng	牀	bed

D

dà	大	big
de	的	's; of
dì(di)	弟（弟）	younger brother
diàn	電	electricity
diànnǎo	電腦	computer
diànshì	電視	television
dòng	動	move
dòngwù	動物	animal
dōu	都	both; all
duìbuqǐ	對不起	I'm sorry; excuse me

E

èr	二	two

F

fà 髮 hair
fáng 房 room
fángjiān 房間 room
fú 服 clothes

G

gāo 高 tall; high
gē(ge) 哥(哥) elder brother
gè 個 a measure word
gǒu 狗 dog
guā 瓜 melon
guān 關 a surname
guì 櫃 cupboard
guǒ 果 fruit
guǒzhī 果汁 juice

H

hái 還 also; in addition
hànbǎo 漢堡 Hamburg, a city in Germany
hànbǎobāo 漢堡包 hamburger
hǎo 好 used to say hello
hē 喝 drink
hé 和 and
hé 盒 box; case
hēi 黑 black
hēisè 黑色 black
hěn 很 very
hóng 紅 red
hóngsè 紅色 red
hú 胡 not native
húluóbo 胡蘿蔔 carrot
huān 歡 happy
huáng 黃 yellow
huángguā 黃瓜 cucumber
huángsè 黃色 yellow

J

jǐ 幾 how many
jiā 家 family; home
jiān 間 room
jiàn 見 meet with
jiāo 蕉 broadleaf plants
jiào 叫 call
jiě(jie) 姐(姐) elder sister
jīng 睛 eyeball
jiǔ 九 nine
jù 具 tool

K

kělè 可樂 coke
kè 客 guest
kètīng 客廳 living room
kǒu 口 a measure word
kù 褲 trousers
kùzi 褲子 trousers

kuài	快 fast		míngzi	名字 name	

kuài　快　fast
kuàicān　快餐　fast-food

míngzi　名字　name

L

lán　藍　blue
lánsè　藍色　blue
lǎo　老　a prefix
lǎoshī　老師　teacher
le　了　a particle
lǐ　裏　inside
liǎng　兩　two
líng　零　bits and pieces
língshí　零食　snacks
liù　六　six
luóbo　蘿蔔　raddish; turnip

M

mā(ma)　媽（媽）mum; mother
mǎ　馬　horse
ma　嗎　a particle
māo　貓　cat
méi　沒　not have
méiyǒu　沒有　not have
méiguānxi　沒關係　it doesn't matter;
　　　　　　　never mind
měi　每　every
měitiān　每天　every day
mèi(mei)　妹（妹）younger sister
men　們　a suffix
míng　名　name

N

nán　男　male
nánshēng　男生　boy student
nǎo　腦　brain
nǐ　你　you
nǐhǎo　你好　hello
nín　您　you (when speaking
　　　　　politely)
nínzǎo　您早　good morning
nǚ　女　female
nǚshēng　女生　girl student

P

pàng　胖　chubby; fat
pí　皮　rubber
píngguǒ　蘋果　apple

Q

qī　七　seven
qiān　鉛　lead
qiānbǐ　鉛筆　pencil
qún　裙　skirt
qúnzi　裙子　skirt

R

rè　熱　hot
règǒu　熱狗　hotdog
rén　人　person

S

sān	三	three
sè	色	colour
shān	衫	top (clothes)
shéi	誰	who; whom
shénme	什麼	what
shēng	生	student
shī	師	teacher
shí	十	ten
shí	食	food
shì	是	is/are
shì	室	room
shì	視	look
shòu	瘦	thin; slim
shū	書	book
shūbāo	書包	school bag
shūfáng	書房	study room
shūzhuō	書桌	desk
shū	蔬	vegetable
shūcài	蔬菜	vegetable
shuǐ	水	water
shuǐguǒ	水果	fruit
sì	四	four
suì	歲	year (of age)

T

tā	他	he; him
tā	她	she; her
táng	糖	sugar; sweets
tángguǒ	糖果	sweets; candy
tiānyī	天一	a given name
tiáo	條	a measure word
tīng	廳	hall
tóu	頭	head
tóufa	頭髮	hair

W

wáng	王	a surname
wénwen	文文	a given name
wén	文	a piece of writing
wénjù	文具	stationery
wénjùhé	文具盒	pencil case
wǒ	我	I; me
wǒmen	我們	we; us
wò	卧	lie
wòshì	卧室	bedroom
wǔ	五	five
wù	物	creature

X

xǐ	喜	be fond of
xǐhuan	喜歡	like
xiāng	香	fragrant

137

xiāngjiāo	香蕉	banana
xiàng	橡	rubber tree
xiàngpí	橡皮	eraser
xiǎo	小	small; little
xiào	校	school
xiàofú	校服	school uniform
xiè	謝	thank
xièxie	謝謝	thanks
xìng	姓	surname
xué	學	school; study
xuéxiào	學校	school

Y

yán	顏	colour
yánsè	顏色	colour
yǎn	眼	eye
yǎnjing	眼睛	eye
yǎng	養	raise
yī	一	one
yī	衣	clothes
yīguì	衣櫃	wardrobe
yǐ	椅	chair
yǐzi	椅子	chair
yǒu	有	have; there is/are
yú	魚	fish
yù	浴	bath
yùshì	浴室	bathroom

Z

zài	再	again
zàijiàn	再見	goodbye; see you again
zǎo	早	morning
zhè	這	this
zhī	汁	juice
zhuō	桌	table; desk
zì	字	name
zi	子	a suffix
zuǐ	嘴	mouth
zuǐba	嘴巴	mouth

相關教學資源 Related Teaching Resources

歡迎瀏覽網址或掃描二維碼瞭解《輕鬆學漢語》《輕鬆學漢語
（少兒版）》電子課本。

For more details about e-textbook of *Chinese Made Easy, Chinese Made Easy for Kids*, please visit the website or scan the QR code below.
http://www.jpchinese.org/ebook